dtv

Weihnachten
1999
Deine
Bianca

Wenn die »Spaubarkasse« eine »Kotzen-Nutzen-Analyse« aufstellt, jemand »unempfindliche Preisempfehlungen« gibt oder der Taufpate »auf das Wohl des Säuflings« trinken will, so sind solche Versehen meist Anlaß zu großer Heiterkeit. Versprecher sind kleine sprachliche Fehltritte, die wir alle fast täglich begehen. Viele dieser Fehltritte bleiben jedoch sowohl beim Zuhörer wie beim Sprecher unerkannt. Wenn sie aber bemerkt werden, so reagieren die Sprecher recht unterschiedlich. Sie machen Pausen, lachen, schämen sich manchmal oder korrigieren ihren Fauxpas, übrigens nicht immer erfolgreich. Wie Versprecher korrigiert werden, welche Erfolgschancen diese Korrekturen haben und welche vergnüglichen Entgleisungen dabei vorkommen, zeigt Helen Leuninger in diesem Buch, in dem sie noch einmal eine Auswahl von köstlichen Versprechern zusammengestellt hat, der sie eine kurze Theorie ihrer Korrekturen beifügt.

Helen Leuninger ist Professorin für Sprachwissenschaft am Institut für deutsche Sprache und Literatur an der Universität Frankfurt am Main. Ihre Fachgebiete sind Versprecherforschung, Untersuchungen zu Sprachstörungen und die Erforschung der Gebärdensprache.

Helen Leuninger

Danke und Tschüs fürs Mitnehmen

Neue gesammelte Versprecher

Deutscher Taschenbuch Verlag

Von Helen Leuninger ist
im Deutschen Taschenbuch Verlag erschienen:
Reden ist Schweigen, Silber ist Gold (20118)

Ungekürzte Ausgabe
November 1998
Deutscher Taschenbuch Verlag GmbH & Co. KG,
München

ISBN 3-250-10323-3
Umschlagkonzept: Balk & Brumshagen
Umschlagbild: © A. Ruggieri / The Image Bank
Gesamtherstellung: C. H. Beck'sche Buchdruckerei,
Nördlingen
Gedruckt auf säurefreiem, chlorfrei gebleichtem Papier
Printed in Germany · ISBN 3-423-20209-2

Für Helene und Gretchen

Wenn du korrektieren wolltest:
Dies zum Geleit

Mit der *einfach überwerfenden* Reaktion auf mein 1993 erschienenes Buch *Reden ist Schweigen – Silber ist Gold* habe ich nicht gerechnet, aber sie hat mich natürlich sehr froh gestimmt. In den unzähligen Briefen, die ich in den letzten drei Jahren erhielt, wurde immer wieder hervorgehoben, wie interessant die ganz alltägliche Sprache ist. Viele Leser haben mir ihre Aufzeichnungen mit Versprechern, Kindersprache, Limericks oder anderen sprachlichen Köstlichkeiten geschickt und dabei festgestellt, daß in dieser Sprache Poesie und Kreativität liegt. Wieder aus anderen Briefen klang ein Seufzer der Erleichterung heraus, darüber, daß Versprecher weder auf Defizite in der Sprachfähigkeit noch auf mangelnde Intelligenz zurückzuführen sind. Ganz im Gegenteil, so habe ich damals argumentiert, nur weil Sprecher eine so außergewöhnlich fein strukturierte und reiche Sprachfähigkeit besitzen, sind die sich in Versprechern oft zeigenden sprachlichen Neuschöpfungen überhaupt erst möglich.

In vielen Briefen und Gesprächen wurde ich ermuntert, eine neue Sammlung zu veröffentlichen. Für seine beharrlichen Nachfragen nach einem neuen Buch möchte ich an dieser Stelle insbesondere Uli Rohrbach danken.

Alle, die mir so liebevoll geschrieben und die Mühe auf sich genommen haben, akribisch genau Versprecher für mich zu notieren, haben dazu beigetragen, daß das vorliegende Buch möglich wurde, das ein Dankeschön an meine Briefpartner und eine Reverenz an das größte und kostbarste Geschenk ist, das uns Menschen gegeben wurde, unsere Sprache. Sie erschließt uns die Welt, bringt uns anderen Menschen näher und verleiht unserem Alltag Poesie und Heiterkeit.

Damit die beiden Bücher *sich nicht überschlappen*, habe ich hier versucht, einen weiteren Aspekt der Sprachfähigkeit, nämlich Versprecherkorrekturen, zu thematisieren. Nicht nur die Leichtigkeit, mit der wir Sprache verwenden, auch Fehler machen, sondern auch die atemberaubende Geschwindigkeit und Mühelosigkeit, mit der wir unsere Fehler korrigieren können, ist ein faszinierender Gegenstand sprachwissenschaftlicher Forschungen. Einen kleinen Einblick in diese Fragestellung will Ihnen dieses Buch geben.

Es ist so aufgebaut: Zunächst können Sie sich an vielen Versprechern und ihren Korrekturen ergötzen. Alle Beispiele stammen aus der Frankfurter Versprechersammlung. Darauf folgt eine kleine Theorie der Versprecherkorrekturen, in der einige Faktoren herausgearbeitet werden, die beim Korrigieren eine Rolle spielen. In der Sammlung sind einige Beispiele mit einem * markiert. Sie können versuchen, diese Korrekturen selbst mit den Kategorien, die ich Ihnen vorgestellt habe, zu analysieren, und vielleicht die erste Lösung als Muster nehmen und herausfinden, *ob es jetzt damit zusammenhangt oder nicht.* Danach finden Sie einige Literaturangaben. Der Großteil der Arbeiten zu Korrekturen ist in englischer Sprache abgefaßt. Ich habe dennoch versucht, die wichtigsten Veröffentlichungen auszuwählen.

Viele meiner Freunde haben mich unterstützt: Roland Pfau mit der Klassifikation und Eingabe der Versprecherkorrekturen in den Computer, Claudia Meindl und Sabine Schall bei der Auswahl der Beispiele, Anja Sauer darüber hinaus bei der Gestaltung des Manuskripts. Susanne Glück und Jörg Keller haben mir entscheidende inhaltliche Ratschläge gegeben, und Valeria Grinberg Pla hat außerdem noch Daten aus ihrer Studie über Korrekturen beigesteuert. Daniela Happ hat große Teile des Manuskripts Korrektur gelesen, und Loredana Casamassima, Gerald Koblitz und Dirk Niedermayer haben mir an der Universität den Rücken freigehalten, wie auch Susanne

Glück und Anja Sauer, die für mich ganz andere Korrekturen durchgeführt haben, nämlich Korrekturen von Semesterabschlußklausuren. Ein Dankeschön auch an Saskia, deren sprachliche Gewitztheiten die Frankfurter Versprechersammlung bereichert haben. Ihre Mutter, Anette Hohenberger, hat mir freundlicherweise Saskias akribisch aufgezeichnete Versprecher zur Verfügung gestellt.

Ich hoffe, daß Ihnen die Lektüre dieses Buchs etwas Neues bringt und daß Sie *gültige Schlüssel, hm, Schlüsse ziehen können.*

Jedenfalls bin ich schon ganz gespannt auf Ihre Reaktionen.

Helen Leuninger
August 1996

Reste einer Sprachverstörung, äh, Sprachverständnisstörung

Versprecher und Korrekturen

Na, alles im Kliff?

Die anderen sind nicht so scholl, so schön.*

Wo er sich gemühsigt sah.

Ich mach's immer aks, ich mach's immer ab,
weil ich Angst habe.

Der Mes der Streß, nein so rum:
der Streß der Mesner

Weniger streßfrei, weniger Streß

Ich hab mich mit Fänden
und Hüßen gewehrt.

Plo, Plo, Problem

Deshalb scheint das für sie der einzige Ausweg
zu sein, mit diesem Problem zu lösen.

Ihr fünf müßt neuen Mut schaffen, schapfen,
schöffen, schöpfen.

Da waren ihre Kräpfe, äh, Kräfte erschöpft.

Moptimismus, Optimismus gehört
zum Engagement.

Der Saft ist raus.

Du verbrennst dir nur die Füße, äh,
die Finger.

Ich will's gerne als Aufregung,
als Anregung aufnehmen.

Ihr macht mich wohl über euch lustig?

Das ist für dir.

Du ausgeschlitztes Kochohr

Der haut dir die Nase vor der Tür zu.

So Sachen krieg ich immer untergewürgt.

Jetzt wollt ich dich übers Ohr ziehen.

Himmel, Arsch und Wolkenzwirn!

Es ist ja net so, daß jeder am Schürzelbändel
des anderen hängt.

Als graues Mauerblümchen wurde er
in die Welt geschickt.*

Das hat sich gewahrt, das Lohnen.

Da stand ich gestiefelt und gesport.

Dann leufen die Leute an.

Ich tropfe dir die Schweißperlen.

Du hast dich wieder mal selbst übertropfen.

Ich hose und kerze dich.

Ich rufe dem Folg des Herzens.

Was sich leckt, das liebt sich.

Da muß ich mit meiner Frau noch mal drüber schlafen.

Das laß ich mir nicht sagen, daß ich ein Organisationshydrant, äh, -tyrann bin.

Weil ich möglich bin, äh, weil ich der Meinung bin, daß es möglich ist.

Man fühlt sich so alt, wie man ist.

Dann werden wir ja sehen, ob dein Irrtum genauso ausfällt wie meiner.

Dann darf ich mich für dieses Gespräch
verdank, bedanken.

Denn das ist uns abhanden gegangen.
Warum ist uns das abhanden gegangen?

Sie hätten nicht in den Koffer gepackt,
gepaßt.

Und dann ham die mich gefragt, ob ich
mitkomm, weil da noch ein freier Platz
im Auto mitfährt, frei ist.

Trittfett, Trittbrettfahrer

Auf Wiederschehen!

Auf Wiederröhren!

Veronika und Carolika

Was für ein Wasserzeichen sind Sie
denn eigentlich?

Erst ein heißes Bett und dann ab
in die Wanne.

Keinen trockenen Leib mehr am Faden

Busenwimmler

Tut mir leid, da ist der
Anschlußbeantworter, der automatische
Anrufbeantworter dran.

Ich hätte gerne die Numster aus Amsterdam.

Die Nummer lautet zwünf, haha,
zwo fünf vier.

Sie ist zu unterreichen, erreichen
unter der Nummer …

Du sollst Deine Eltern ätzen und scheren.

Die haben sich jetzt auseinander gewickelt,
äh, entwickelt.

Es kommt darauf an, daß man sich auf
Anfang an, von Anfang an versteht.

Sie haben eine Idylle gezeicht, äh, gezeignet.

Die hat sich bei ihr dann immer die Ohren
ausgeweint, äh, die Augen.

Also hab ich's auch überleben, äh, überlesen.

Um den Preis, daß wir nirgendwer,
nirgendwo mehr verstanden werden.

Ich komme wegen Ihnen, äh, zu Ihnen,
weil ich meine Themen besprechen möchte.

So kann eben Rosanettes Mutterglück nicht
dauersaft sein, äh, dauerhaft sein.*

Verhängnisempfütung,
Verhängnisempfütung, Verhängisempfütung,
Verhängisempfütung

Es ist eben wichtig, die Kinder ganz normal
zu behindern, äh, zu erziehen.

Wenn Kinder ein bestimmtes Kinder haben

Sie sollten ihren Kindern eine
Rückenstütze geben.

Wollen wir doch bitte nicht das Kind
mit dem Barte ausschütten!

Da war alles da, was Nam und Rangen hatte.

Irgendwie schaukeln wir das schon
auf die Rolle.

Pumpernuckel

»Daß ich eher den Vater in mir sehe«,
sagt Claudia.

Sind Sie der Vater eines meiner Kinder?

Des hast du nicht mehr genau gewußt,
die Lydia, die Mama, lügt dich doch net an.

Alpha oma, äh, Omega

Ich hab die Wäsche, die Woche so viel
zu bügeln.

Ich hab' gestern meine Wäsche gesucht,
dann hab ich den Schrank ausgesucht.

Waschmuttel

Und die macht kein' Kummer,
keinen Finger krumm.

Wenn ich Dich einschicken kauf'

Einige kleinige Unsauberkeiten, äh, ein paar

Hast du die mit dem Schramm,
Schwamm geschrubbt?

Ich glaub', abpützen, abputzen würd'
nicht schaden.

Wenn man das Ganze nicht in einem
Aufwand, äh, Aufwasch erledigen will.

Danach macht er einen relativ
aufgeräumten Auf, Eindruck.

Weil ich hab' so schöne Tischdecken,
so Dinger, oder was das is'.

Ich hab' nicht mal 'ne Serviette dabei,
hab' ich verpaßt.

Pengotäppchen

Ich denke, Sie haben es sich schon
auf dem Balkon oder auf der Toile,
Terrasse gemütlich gemacht.

Tiefkühlklo, äh, »Tiefkühlklo« ist gut,
Tiefspülklo

Kohle- und Ohleöfen

Ich glaube nicht, daß man die Zimmer
so vermöbeln kann.

Die Teppiche werden in Sekundenrolle
aufgerollt.

Einligawohnung

Aber du mußt die Tür dann festhalten,
ach Quatsch, das Fenster.

Die Scheibe ist angeschlagen.

Ich möchte meine Gitter verfenstern.

Wir können uns einer guten Sitzhaltung
bedienen, indem wir uns auf den Hörer –
Lachen – Hocker setzen.

Unser Wasser steht unter Keller.

Daß man sich so sinnlos seinem Besuch ausliefert, äh, Beruf.

Woll'n wer mal Nägel mit Knöpfen machen?

Ich werde etwas zusammelnbasteln.

Ich habe heute morgen wieder mal 'ne
Leiste, 'ne Meisterleistung vollbracht.

Garrierekeil

Das war besserlich, besser, wesentlich besser.

Das ist auch ziemlich unegal.

Leitergeweitet

Du hast ein kapriziöses Regal.

Das find ich eisen, eigentlich
äußerst spannend.

Ein eingeschweißter, äh,
eingefleischter Winzer

Lagel mich nicht fest.

Im Studium brauchste Beschläge.

Ich hab 'ne Liste mit meinen Adressen
gemacht, äh, Interessen.

Ich nehme an, da ist ein
versteckter Haken dahinter.

Morgen muß ich mir noch
einen überempfindlichen Film kaufen,
äh, einen hochempfindlichen.

Einen Sticht sichern, Stift

Schlurzkuß

Es kommt darauf an, wieviel Streichermann
sie nimmt.

Glasfasertabletten

Nachher weiß ich nicht, wie man 'ne Nadel
in den Faden kriegt – oder umgekehrt.

Die Webkanste kannste lassen.

Die untere ist das Futtere.

Ansonsten kann man es in den Ordner legen
mit einem gelben Bäppel, äh, Bäpper drauf.

Den muß man mit rohen Handschuhen anfassen.

Hertie Plastik-Tüschen,
Hertie Plastik-Tüschen, äh,
wie heißt das?

Ah sup!

Muhair, äh, Mohairpullover

Grundlage für die Beurteilung ist die
Genfer Konfekt, Konfektion, Konvention.

Dann muß die Mole lustig werden.

Kostimürung, äh, Kostümierung

Da präsentieren Anbieter Männermorde.

Ich hab sie nicht im Kostüm.

Das ist der träge Gurt, äh, Trägergurt.

Aber nicht mit der Hosenhand,
mit der Hand in der Hose

Meine grün-schwarz gehoste Rose

Du könntest mal deine Jacke umdrehen, inklusive Mäntel, äh, Ärmel.

Das gibt die gelbe Kappe.

Faserfilz, äh, Faserfelz, nein Faserpelz

Ich bin aus allen Socken gefallen.

Die hat nur Hanrosa, Hanro und Ribcosa.

Nagelstudio für den Dame, äh, für die Dame und den Herrn

Laschwappen

Das ist ein angenehmer Geduft, Duft.

Ich hab' ihr ordentlich den Bart gepinselt.

Das ist doch feminin, mit den blombierten, äh, blondierten Haaren.

Sie haben doch keinen Grond, sie sind ja nicht mal blond.

Ich muß mir noch die Haare putzen.

Wohlgewormt, äh, wohlgeformt

Grübchen am Zinn

Dann machen sie buidy bolding, nein,
body building.

Feckspalte

Schweizer Schnürschenkel

Psychologische Komplimente,
Komponenten

Eine zweikettrige, äh, zweigliedrige Kette

Ich finde Finger für den kleinen,
Ringe für den kleinen Finger.

Das ist ein Ring, der nicht vier, äh,
viereckig ist.

Da muß man ja alle Steinzeln, äh,
alle Steine einzeln kaufen.

Die sollen nicht so drängeln, die können doch im Essen stehen.

Da hat man einfach keinen Appetit
bei dem Essen.

Zum Mitessen, Mitnehmen oder hier Essen

Der andere Nachbar ist nicht eßbar.

Die Soldaten nagen am Bettelstab.

Das hat die so toll geschmeckt.

Mit vollem Munde ißt man nicht.

Das Brett, äh, das Tablett, äh,
das Blech ist sowieso voll.

Das ist aber neckt.

Aus dem Magen, aus dem Sinn

Leider hab' ich Leider.

Und da hat sie das Bild gezeigt, wo sie grinst
wie ein Pferdekuchen, ne, Honigkuchen,
Quatsch, Honigkuchenpferd.

Das verkauft sich wie warme Seppeln,
äh, Semmeln.

Willst'de auch noch so'en Toast,
so'en Geprostetes, so'en getoastetes Brot?

Das Brut in der Trohe

Bäckerei am Wiesbadener Bahnhof.
A: Ein Wiesbaden-Baguette, bitte.
B: So etwas Exklusives führen
wir leider nicht.

Friede, Freuer, Eider, Eierkuchen

Wei – harm – heiß

Das müssen wir noch in der Branne futzeln.

Ich schlag mir ein paar Pfannen in die Eier.

Ich hab meine Brille nicht, ich kann
die Fahrkarte nicht lesen.

Die Kouvertüre können Sie dann auftauen,
was sag ich, auflösen.

Das Kompott wurde lanciert.

Damit schlägt der Döner im Fast-Wood,
im Fast-Food-Wettbewerb den Big-Mac.

Fleineschwei, äh Schweinefleisch

Schnutenpitzel

Das herrschaft fleißige Stück

Dann können wir nämlich die Sohne,
die Sahnesoße dazutun.

Diese neue Gläse, Käseglocke

Kausenläge

Kiesenzä – Ziegenkäse

Zeichstrarter Käse

Ich möchte Käsemusik.

Bernd, hast du schon mein
neues Zickunirezept, nein Zigurinirezept,
nein, ich meine natürlich
Zucchinirezept probiert?

Frauenboykott der evangelischen Frauen, äh,
Früchteboykott, keine Frauen aus Südafrika
kaufen, äh, keine Früchte.

Lin, Erbsen, Bohnen

Der Gurkensalat, äh, der Tomatensalat

Tomatenspratzer

Schwarze Oliven haben dreimal so viele
Kalorien wie grüne Eli, Oliven.

Ich eß nie Sojaprojukte.

Haben Sie Vollkornkarteikarten?

Ich bin froh, daß ich kein Spinat kann.

Advocado

Und weil der zutiefst getränkt ist.

Materialwasser, äh, Mineralwasser

Trummerschlunk

The first cup is the deepest.

Sie können mir ruhig in die Tasse fassen.

ICE-Tasse

Kannst du mir Kaffee einschießen?

Die hatte schon mehrere Cognacs gepetzt, als
ich mit ihr getrunken, äh, telefoniert habe.*

Das weiß ich noch, wie ich spät in der Nacht
mit Schampus im Kopf getrunken, äh,
geschrieben habe.

Ich kenne eine Frau, die immer Rotwein
in den Süßstoff tut.

Je mehr man alkoholisiert trinkt.

Becks Bier löscht Männerbier.

Laßt uns auf das Wohl des Säuflings trinken.

Ich muß noch mein Pils verlängern.

Der Slivovic-Auflauf, äh,
der Slivovic-Auflauf, äh, der Slivovic-Aufguß

Ich habe es noch nicht einmal geschafft,
eine Zigarette zu essen, äh, zu trinken,
äh, zu rauchen.

Das ist ziemlich harter Tobak, starker Tobak.

Kann ich ein Kännchen Pamel haben?

Ich hätte gerne einmal Marlboro Bleifrei.

Das sollten wir eräutern.

Naschurtutz

Begleitende Tiere

Gretchen muß noch ein Metchen,
einen Zentimeter rücken.

Serner Bennhund

Wer zu spät kommt, den strafen die Hunde.

Wenn die Hütt sagt – hü oder hott.

Das ist es, was mich am Text stiert, äh, stört,
das ist es, woran der Text stirbt.

Die Hölle auf Herden, Erden

BSFe-Gefahr

Die Putzsau, äh, -frau

Säue

Lammkunden

Man gewöhnt sich ein dickes Fell an.

Das ist eine Kuhmilchrechnung.

Bewegungsausmaus

Ich les nicht gern so Aufgekäutes.

Der Bock ist rund.

Schreibt die Reifen-Firma Hannover
schwarze Schafe?

Drei Ohrenschweine

Das rechte Schwein ist ber.

Das Auto hat zwei Schweinwerfer.

Da hatt' ich aber Schwein im Unglück.

Weihgereh

Wir haben einen Pepsi-Test gemacht,
der durch die Gazellen ging.

Er war ein Löwe in der Stadt, äh, Schlacht.

Eher geht ein Kanal, äh, ein Kamel,
durchs Nadelöhr.

Es rüsselt erfrischend, haha,
rüttelt erfrischend.

Sie verbüfft, verfügt über äußerst
treffende Charakteristika.

Es ertrinken auch keine anderen Piraten
auf dem Meer, äh, Primaten.

Sieh, die Taucherhauben, ach wo,
die Hauchertauben, quatsch,
die Haubentaucher.*

Ihren Spatzenkandi, Spitzenkandidaten

Sie haben sich an der Ente unschädlich
getan, gemacht, gehalten.*

Das hat auch eine beruhigende Wirkel
auf die Foto.

Ein Sommer macht noch keine Schwalbe.

Dingshahn, äh, Kuckuck

Als huhnloses Kopf

Es war ein Prozeß, in dem wir verdammt viel zurückstecken mußten, in dem wir so manche Kröte schlecken, äh, schlucken mußten.

Schneckengeförmiges, äh,
schneckenförmiges Gebilde

Das haben wir ja schon auf der
Wasseroberflosse gesehen.

Urreberhechte

Fliegenles, Fliesenleger

Weil ich einen Fliegenleger kenne.

Der keine Fliege trübt.

Meine Grillenbläser sind beschlagen.

Irgendwann sauste ich zu Hector, um noch
ein paar von diesen Krüppel Germanen,
hihi, Germanen, Geranien zu kaufen.

Damit kann man niemanden mehr hinterm
Blumentopf vorlocken.

Heidika

Vorschluß, Vorschußlorbeeren.

Selbst, wenn das korrekte Murzel, äh,
Wurzelmorphem produziert würde.

Kannst du mir eine Tanne Tee holen?

Ein Tännchen Kaffee

Prinzessen

Früchtlingsstrom

Gezüchtete Zivis

Grülkohn

Gekochter Kompost, Kompott

Ich hab ihn über den grünen Klo gelobt.

Die hier per Wald-Card,
wild card dabei war.

Das scheint sich ganz gut – das scheint
ganz gut anzugehen.

Die Kirschen, die Erdbeeren, die Trauben

Meine Äpfel, äh, meine Eltern kriegen
günstige Äpfel.

Dazu war die Zeit zu klein, äh, zu kurz.

In der rhetorischen Antike

Sein Schwergewicht liegt in der
lateinischen Rhetorik.

Tiefstes Müttelalter

Durch die europäische Identi,
Ideengeschichte hindurch

Ein interessantes Kapital der
französischen Geschichte

Und die Konstruktionsgeschichte
ist eine mit Brüchen,
und die Konstruktionsgeschichte,
Entschuldigung, Kontinuitätsgeschichte,
ist eine mit Brüchen.

Augenblo, blu, blick

Diese Vergegenheit, Vergangenheit
ist für mich stets gegenwärtig.

Vier Monate als früher, früher als geplant

Die letzte Woche hab' ich auch sausen lausen.

Nachher ist es später; später ist es schwierig.

Dämmerheit

Ständern gestig

Das vergeß ich von heute auf gleich.

Hoft

Sofald

Morgen haben wir noch einen
anstrengenden Tag hinter uns.

Ich komm' dann Dienstag Mittwoch.

Wir wollen die Monntags, Sonntagsmuffel
ein bißchen aufmuntern.

Ich soll am Montag zu mir kommen.

Vorherragend

Daß Kinder komplexe Verben
später erwerben als früher.

Universität des 3. Lebensjahres

Unjüngst, unjüngst, unlängst,
jetzt hab ich's endlich!

11. oder 12. Julo, Julei

Das würden wir gestern, morgen, gern aus
voller Brust anstimmen.

Ich wart' erst mal und guck' ab.

Vielleicht wäre ich auch früher wieder wach,
äh, müde.

Ist der frühe Tad, Tod vielleicht eine Strafe?

9:5 für M.H., 29 Jahre lang, alt natürlich

In der zweiten Halbzeit haben die nur
einmal aufs Tor geschossen, und der ging
noch drei Minuten, äh, Meter daneben.

Hat die Frau S. heute Frechstunde?

Wir sind eines Frühs dahin geradelt.

Wie schnell auf Autobahren,
bahnen gefahren werden darf.

Vor einer Viertel Stunde Uhr, äh,
einer Viertel Stunde auf den Autobahren,
äh, Autobahnen

Er setzt Vergangenheit mit Gegenkart,
-wart, gleich.

Wir machen unsere Sommeruni in Potsdam
vom 9.–12. Semester.

So symbolisiert das Frühlingserwochen,
erwachen, die erwachende Sexualtität.

Jeweils an die entstellende, entsprechende Stelle

Seit 1992 hat er einen enormen Vorschritt,
Schritt nach vorne machen können.

Bewegungsrichtig

Nico Geck hat sich umgekehrt.

Es wurde ihr nicht in den Weg gelegt,
in den Schoß gelegt.

Mit allen Mitten stoppeln

Um Doppelste, ums Doppelste,
ums Doppelte

Nur 30 Milliliter groß

Wegen der fehlenden Matsch, Match-Praxis

Die haben tiefere Löcher in den Graben
gebohrt, den Boden gegraben.

Kann man hier Steine abstempeln lassen?

Ein riesiger Materialverschwund ist das auch.

Bestattung mit Stellen

Die liegt da unten ganz briev.

Bewertungsböden

Er ist wie vom Erdbeben verschluckt.

Wir leuchteten die Höhle mit
Scheisszeinwerfern aus.

In diesem Abhang, äh, Zusammenhang

Echt, steil, gark

Er ist für sie durchs Geländer geschl, hihi,
durchs Gelände geschlendert.*

Auf der Balustrade spaluzieren

Wo die über den Galender guckt!

Das kann man an fünf Zimmern abzählen.

Das laß ich mal lieber gerade hängen,
unschief, äh, schief.

Das hängt irgendwie drauf an, davon ab.

Das muß man sich mal vorlegen, äh,
überlegen.

Da hab ich ihn im Ax, im Exil gefragt.

Die Grenzen am Lager sind überfüllt.

Magazin der Wüsten, der Wissenschaft

Da gab es 10 Weltrekorde in 48 Welt,
äh Welt, äh, Wettkämpfen.

In einer immer übersichtlich,
unübersichtlich gewordeneren Welt

Der Aus, der Klaus ist nach Australien
geflogen.

Dabei handelt es sich um eine Anglo, A,
-Angloamerikanerin und zwei Libanesen.

Der Großmachtgegensatz Dänemark – Dän,
Schweden

Die Ör, hihi, die Ör, die Ölbohrinsel

Uranda

Wir hier in Essen, Hessen

Mecklenvor-Burgpommern

In dem Städtschen Klinke, äh,
in den Städtischen Kliniken

Flug zum Klurfürsten, äh, Kurfürstendamm

Miximalineum, äh, Maximilianeum

Universität Luppsala

Karlsruhle, Karlsruhe Durlach

Zwischen Kitschingen-Schw,
Kitzingen-Schwarzach

Residenzpflicht

Die Gruppe macht ein gesprungenes Schloß
über die Straße.

Gott schief Paris, Gott schief Paris.

Brudsbuddel

Wissen Sie das Vorwort, äh, den Vorort

Ich habe hochhaus gewonnen,
hochhaus gewonnen, haushoch.

Man muß das Löschbuch, Logbuch löschen.

Gegen ganz andere Stremungen wü,
äh, wirken.

Das liegt voll auf meiner Längenwelle,
äh, Wellenlänge.

Der teuchte naulich auf.

Er braucht jemanden, in dessen
Windschatteln er segeln kann.

Die Schweizer-Leiser, Reiseleiterin

Man soll nicht in fremde Fische wässern.

Auf dem Flang, Frankfurter Flughafen

Den Fliehkräften Herr zu halten ---
Herr zu werden

Findest Du Bäng schlechter als Schnall?

Die Lichtrin, äh, Richtlinie

Das größere Spann, äh, Bandbreiten hat

An Bord der Maschine vom Bo, Typ Boeing

Ist der etwa schon wieder abgestochen?

Cyber-Slipper

Er läßt sich telefonieren.

Weil ich dein Nummertelefon nicht habe.

Wovon, wovon her rufen Sie denn an?

Ich habe mich vermählt.

Grund meines Anlasses ist.

Der Zug war hoffnungsvoll überfüllt.

Guck mal, der Mann hat einen Fernstecher.

Können wir sichergehen, daß dieses Geld nicht versickt?

Damit konnt ich mich nicht beschaffen,
äh, befassen.

Bonifaz

Spaubarkasse

Auf einmal zündete der Groschen.

Und da gab es diese Aktie, Akte, Achse.

Nur die gescheck, geschickten Hefte

Thermoskasse mit Kaffee,
Thermoskanne mit Milch

Ich sitze an der Kasse und verkaufe
die Kasse, äh, Karte.

Was den Russen recht ist, scheint den Bolen,
Polen billig.

Acht Milliarden Dollar

Acht Milliarden Dollen

Du hast doch den dicken Rabbach gemacht.

Zu wenig Ausput, Output

Warum die hier die Brutto, äh,
die Nettobreise, äh, Preise angeben,
weiß auch keiner.*

Unempfindliche Preisverfehlung

Kotzen-Nutzen-Analyse

Für den Macher vom OSC heißt es,
tief durcharbeiten, durchatmen.

Korruptions, äh, Kooperationspartner

Berufsgenossenschaft für
Fahrzeughalterungen

Die war vom anderen Uhrmacher – Optiker.

Zu Meck, Neckermann

Kaushauf, Kaufhaus

Gewichtwarenladen

Packung und Verportung

Ladest du schon wange?

Wenn die Frau arbeitstätig ist.

Die Bewerber müssen Schweizer sein,
katholisch, unverändert, unverheiratet.

Zu diesem Thema haben wir auch noch
andere Gäste eingestellt, äh, eingeladen.

Herr Schmidt ist bei den Sieben Zwergen
angestellt.

Ob er dann noch in Lot, Lohn
und Brot steht?

Eine schriftlose, fristlose Kündigung
unterschreiben

Dann haben wir den Anstrag, den Antrag
auf Entsperrung gestellt.

Personalentführung

Zeilteitarbeit

Da krollt die Rolle.

Ich hatte ja noch Rechturlaub, Resturlaub.

Superlässiger Rentner für Gartenarbeiten
gesucht

Bauerntömpel

Wir dürfen nicht eine neue
Entlassungswelle aussitzen, auslösen.
Mit am Verhandlungstisch sitzen
die Arbeitslosen.

Die Auseinandersetzungen
in der Tarifindustrie,
die Tarifauseinandersetzungen
in der Industrie

Die Tarifparteien haben sich
auf 1,85% gearbeitet.

Die Verhandlungsposition ist dieselbe wie
bei den Vertricks, Tarifvertragspartnern.

Massig, mäßige Lohnabschlüsse

Das wird gigantisch, wenn du
Lohnsteuerempfänger bist.

Tadic besteuert seine Unschuld.

Die Kürzung der Lohnfortzahlung
im Arbeitsfall

Einigung auf den gemeinsten,
kleinsten gemeinsamen Nenner

Solidaritätsbeischlag

Das tapfere Schneiderlein, das sieben Fliegen
auf einen Streik tötete.

Wir sind dann an die Brennpunkte
des Streikgestehens gegangen.

Rund 4000 Studenten haben in Leipzig
gegen die Spanner, Bonner Sparpolitik
protestiert.

Reformeln, äh Reformen, Landreformen

Alles unter Kontrollo, äh, Kontrolle

Eigene Konstroll, Kontrollinstanzen
in den Staaten herstellen

An der politischen Brilli, Brisanz

Rechtsgeriftete, rechtsgerichtete Kräfte

Das Abkommen über die Ratifizierung,
Entschuldigung, Reduzierung der
Atomwaffen zu ratifizieren

Atomwerfer-Sparvertrag

Nüll-Lösung, Null-Lösung

Die Brütiker

Das Raketengeschäft anders als den
U-Bahn-Bau, äh, U-Boot-Bau,
geheimzuhalten

Muraroa, Mururoa-Atoll

Schiffgefecht

Nationale Einbildung – Einbindung

Unser nächster Beitrag führt uns
nach Burundi. Auch dort gibt es Huti,
Hutu und Tutsi.

H.H. schildert die Spinnung, Spannung,
Stimmung in Mogadischu.

Die Nato hat heute wieder serbische Ziele
aus der Luft gegriffen, angegriffen.

Großanluftgriff

Bosnische Scherben

Die reichen Länder wollen auf die
Goldkrise, äh, Golfkrise mit einem
internationalen Boykott reagieren.

Jeder Kurde ist praktisch dazu gezwungen,
seine Identität zu verzweigen, äh,
verschweigen.

Frau Meier wurde als Türkin bestellt.

WU behauptet, die chinesische Regierung
verkaufe Orangen, Verzeihung,
Organe hingerichteter politischer Häftlinge.

Jean-Albert Artiste

Nach dem Mau der Bau, äh,
nach dem Bau der Mauer

Ne Satzungsergänderung, äh, änderung

Es gibt Entlaß, Erlaßentwürfe.

Die unter diesem Tagesordnungspunkt
zusammengefeßten, gefaßten Anträge

Vorrat und Beistand, Vorrat und Beistand,
Vorstand und Beirat

Der gemeinsame Ausschuß tagte unter der
Füderfehrung, Verzeihung, Füderfe ---
Federführung des Innenministers.

Wird Ausstimmung, äh, Aussprache
vor der Abstimmung gewünscht?

Der Bundestag hat einen
großen Schmitarbeiterstab.

Heute wird ja über zwei Dinge
abgeschieden, äh, entschieden, abgestimmt.

Die Frage ist, ob Sie aus Ihrer Seite
einen Vorschlag machen können.

Schlimmensplitting

Wer jedoch überspinnt worden ist.

Jetzt bitte ich die Herren vom Zählausschuß,
ihres Waldes zu amten.

Nach Auszahlung der Stimmen

Die politische Wildensbildung

Damit ist der Weg für zorgeforene,
vorgezogene Neuwahlen erlaubt.

Das hat keinen Ausfluß
auf die Wahlentscheidung.

Es ist immer wieder die Figur Oscar, äh,
Joschka Fischer genannt worden.

Der Parteitag ging mit Lafontaine-Ende
zu Rede, äh, Rede zu Ende.

Gib mir die Pfote, Genotze!

Kann man aus der heutigen Erklärung
einen Rückzig, zug Bill Clintons ablesen?

Der amerikanische Verteidigungs-Kasper

Raffael und Reuter

Sie reden, Herr Bundeskärrner,
Herr Bundeskanzler,
Bundeskärrner ist auch gut.

Ich habe morgen keinen Rabatt, Verzeihung,
Rapport beim Bundeskanzler.

Die Vizetag, Vizebundes –
Bundestagsvizepräsidentin Antje Vollmer

Fast 50% der Heimbewohner sind
Sozialhelpfe, Sozialhilfeempfänger.

Es gab Reaktion von ehemalischen jüdigen,
jüdischen Mitbürgern.

Irgendwann ist die Gefängnisstraße, äh, strafe abgelaufen.

Im Entführungsfall hat die Polizwei, Polizei, zwei Tatverdächtige festgenommen.

Der Kopf der Kindnapperbände, bande

Ein Bekannter von mir, er ist Polizist, hm, er ist Publizist.*

Polizeipro, präsident

Die obrigsteit, obrigkeitsstaatliche Kontrolle

Daß mit Scharfschützern, Scharfschützen gekämpft wird.

Ich will jetzt nicht den Eindruck verwe, ermitteln.

Verfaschungs, Verfassungsschutzbericht

Wenn aus Gesetzeshütern Gesetzesverbrecher werden.

Roth sitzt im Gesitz, Gerichtssaal.

Ihr habt vielleicht 'ne Sammlung von
Verpresserbriefen, äh, Erpresserbriefen.

Die 2500 Elfer, Helfer sind im Einsatz.

Die hätt' sich im Hinterhalt halten müssen.

Die anderen Taten gab es fertig zu kaufen.

Da wird die Täterin, das Opferin,
das Opfer zum Täter.

In Anführungsstreichen

Wie zart sie beseitigt sind, äh, beseitigt.

Der Geister war tätig unterlegen, äh,
der Täter.

Ich laß mir noch eine Strafe ausfallen.

Organisierte Banken, äh, Banden, haben die
Postbank um Millionen geprellt.

Die Würzburger Grünen fordern die
Sprengung der Würzburger Innenstadt.

Bei der Explosion einer Atombombe,
Entschuldigung, Autobombe

Der Brand in einem Blumengeschoß,
geschäft, im Obergeschoß

Ich frage mich, was die ältere Dame
damit alles anfällt.

Und jetzt werden wir versuchen,
was Ihre Mannschaft nicht geschafft hat,
ein paar Tore zu erschießen.

Damit dich die Kanaken anbeißen.

Er ist später dann Kurtisane.

Und hier der typische türkische
Krummschnabel

Sie nahmen 30 Hamas-Anfänger fest.

Falls Bornheim angegriffen wird von
irgendwelchen Fanatisten.

Die rex, rechtsextreme Gruppe

Mit Skunks und Pinheads

Das Tourismusbüro in New York soll
umorganisiert werden, da bekannt
geworden war, daß Schwarze und Weiße
vom Terrorismus, äh, Tourismus

in Deutschland abgehalten
werden sollten.

Das hätte ich damals als standrechtliches
Todesurteil empfunden.

Selbstwordmelle

Haftstraßen bis zu fünf Jahren

Bist du noch von allen guten Geistern zu retten?

Das haben sie bereuts, bereits heute gesehen.

Sie wollten es ihnen in die Schuld schieben.

Was haßt das denn, was heißt das denn?

Dem Vorsatz, äh, dem Vorwurf ausgesetzt

Er kennt den Entwurf, den habe ich ihm ja
schon mal vorgeworfen, äh, vorgelegt.

Absicht ist Vorwatz, hihi, Vorsatz,
und Seele von ihr.

Wenn man die Menschen einzähmt.

Verlust wichtiger Verzugspersonen

Eine hervorgeschobene,
hervorgehobene Schein*

Was auf Europa ausgerüchtet,
ausgerichtet ist.

Hieran wird schon deutlich,
daß die rechte Hand offenbar nicht weiß,
was die lichte tut, äh, die linke.

Sie haben für das eine oder gute,
eine oder andere gute gesorgt.

Sie geschwinden hier verfälligst.

Ich hab keine Legimitation für das, äh,
Legitimation.

Untrügeliche Zeichen

Meine getrüben Danken

Die Wurzel an der Übel fassen

Ich hab' gar keine Zeit, ich muß
zur Pornographie.

Das bisher geltende Verwendungsgebot
für Asbest soll geändert werden.

Weil er eine aufrechte Haut ist.

Er leistete einen Schweuetrur.

Wir benden, wir bitten um Spenden.

Beschlimmt stimm

Beachtlich, nein, beächtlich*

Auf Verdeih und Gederb

Ich komm doch gleich, um Gottes Namen.

Wir falten die Augen, hihi, wir schließen
die Augen und falten unsere Hände.

Der Komplox, hihi, der Komplex
Gottesdienst

Der hier seinen ersten Gottesdienst erlegte,
erlebte.

Wenn er diese Kuppe nicht anhätte.

Ob in bayrischen Klassenzimmern
Kruzifänge aufgehängt werden.

Die Sekten kommen den Politikern
gerade gerecht, gerade recht.

Prinzipien- und Parametertheologie

Tivil, ziviltheologische Grundlage

Er war Ehrengeist, äh, Ehrengast.

Nimm deine Flügel.

Die Menge der himmlischen Haarscheren

Kranzniederlage durch die
russischen Soldaten

In unmittelbarer Nähe der Gestenk,
Gedenkstätte

Heute wird über zwei Dinge abgeschieden.

Er wird in die SM-Drecke, äh,
Ecke gedrängt.

Die Transsexualität war vor der
Pubertätheit da.

Und reichlich Abtreibung

Heute geht es um Gewalt im Studio, äh,
Stadion.

Das jüngste Gericht, äh, Gerücht,
das morgen in den Nachrichten erscheint.

In den Skandal verwichselt, äh, verwechselt,
äh, verwickelt

Schundlieder treiben

Eine radikale Gesundstrumpfung, haha, Gesundschrumpfung

Das öft mich plagter.

Weil die Luft keine Haut bekommt.

Er hat ihn eine Wunde, eine Stunde
warten lassen.

Was ihm Eingriffe, äh, Angriffe eintrug.

Ich glaube, daß dies auch nur ein
Herumkurieren an Systemen, äh,
an Symptomen ist.

Häufig sucht der Patient nach einem
Kausalitätsbedürfnis.

Stark wundende Blute

Das sind Übungen, bei denen man den
Patienten im Mund fumrummeln muß.

Bundheitsgesundes, Bundheits, verdammt,
Bundesgesundheitsminister Seehofer

Die Krankenkasse bezahlt nicht alles,
zum Beispiel Abspiegeln nicht.

Sozialdienstlicher Erz

Auf der A3, zwischen Mönchhofdreieck
und Flughafen, Ausruf, hihi,
Ausfall einer Notrufsäule.*

Das ist das einzige Mal, daß ich aufgetreten
bin fürs Dotsche Reute Kreuz.

Der Eid des Hippocampus

Damals bei der zahnungslosen Ärztin

Der werden noch die Zähne, äh,
Fäden gezogen.

Zahnreiche Gesinnungsgenossen

Sie stand sehr unter Stock.

Diese schwer gespaltenen, schwer gestörten
Persönlichkeiten

Ich bin in der Peratie, Therapie.

Neuronerge, äh, Entschuldigung,
dopaminerge Neuronensysteme

Zugang zum lenks, links-hemisphärischen
Lexikon

Der hat ihm den Trümmer zerschädelt.

Weil ich weiß, daß S. meist ohne Kopfschuß,
äh, schutz fährt.

So'n Schedel hab ich nicht.

Ich freue mich, daß dein Kopfweg weh ist.

Vorhang im Gehirn

Dir gute Besserung mit deinem Schirn.

Das ist doch nie im Leben reflexpflichtig.

Die andere Aphasie ist langweilig.

Werner-Aphasiker

Bei einer semantischen Paraphasie sagt
der Patient »Tusch« statt »Stihl«.

Da war der Bruch gebannt, äh,
der Bann gebrochen.

Ruppen, Rippenmuskulatur

»R« plus Rippenrundung

Nulter- und Schnacken-Krankengymnastik

Sonnenbein und Gipsbrand

Viele werden ihm die Augen drücken,
die Daumen drücken.

Und dann wird auch noch der
Augenkleppel, äh, der Augendeckel
heruntergeklappt.

Ich hatte einen riesigen Cortison,
Cholesterinspiegel.

Mit rotem Kopf und hochrotem Blutdruck,
hihi, mit rotem Kopf und hochrotem
Blutdruck, hochrotem Kopf und
hohem Blutdruck

Kleisraufstörungen

Kreisherzlaufleiden

Mir sträubt sich das Herz.

Preislaufprobleme

Das kann man ja den Hormonen
nicht übelnehmen.

Eine Mandelentzündung, die ihn mehrere
Monate Trainingspause gekostet hat,
Training.

Belaufen sich die Schädigungen durch Seufe,
äh, Seuche

Die Wahl zwischen Pech und Cholera

In drei Schrütte, Schritten rückte man jetzt
dem Virus zuleibe.

Tripper und Kammern

Dann wird es keinen Versuch
einer Spritzenaufstellung,
einer Automatenaufstellung
für Spritzen geben.

Aufpitschmuttel

Nuklear-Salbe

Sie gab wegen einer Leistungszerrung auf.

Daß er Anschluß an die Weltelute,
elite gefunden hat.

Mit dem Eintritt der Sowjetunion
in die sowjetische Arena

M.M. wird von seinem
eigenen Gegenspieler unterlaufen –
von seinem Mitspieler natürlich.

Ihre Gegnefin, ihre Gegnerin
Jennifer Sandrock

Spring doch übers Hüpfen, quatsch,
spring doch übers Waschbecken.

Darauf springen die voll ab, äh, an.

Die Weltsprung-Olympiasiegerin
Heike Drechsler

Ein interessantes Spartie, Partie

Wie waren die denn schätzungsweise
eingestellt auf dieses Stiel, äh, Spiel?

Der Sieger wurde Weltcupsieger,
Weltcupspitzenreiter.

Das mit der Konternummer, Kontonummer.

Der rote Ball darf sich nicht berühren, äh,
darf sich nicht von der Stelle rühren.

Daß wir morgen auf Leurosport,
Eurosport live übertragen

Einen positiven Dof – Doping-Befund

Ich habe einen Wurf geblickt.

Das Tennisspielen war maßlos schmerzlos,
hihi.

Das As zum Match, zum Satzball,
zum Satzgewinn

Meistens mit doppelhändig gespielt,
mit beiden Händen, doppelhändig

Die beidheidige, händige Rückhand,
voll durchgezogen von Mary Peirce

Noch mal durchgerissen, überrissen

Wir wollen den Seitenwechsel nutzeln,
nicht nutzeln, sondern nutzen.

Der topgesetzte Spieler ist seinem Platz
gerecht geworden, äh, seiner Setzliste --
seiner Position (auf der Setzliste).

6:3, 1:0 für den Favoriten,
für den Weltranglisten Jewgenij Kafelnikov

Daß immer wieder jeder Spielzeug,
»jeder Spielzug« wollte ich natürlich sagen,
besprochen wird.

Mit dem hat er eine Dauerfete
auf dem Center Court.

Goran Becker, äh, Boris Becker
gegen Goran Ivanisevic

Mit dem ersten Satz, pardon, mit dem
ersten As, bringt D. Wheaton
sein Aufschlagspiel durch und gleicht zum
1:1 im ersten Satz aus.

Der Mann aus der Mütze aus Südafrika,
V.N. Godwin

Gilbert reißt das Blatt noch einmal herum.

Und jetzt müßte sie mal ihren Durchsp,
Aufschlag durchbringen.

Weil er den Doris, äh, Boris Becker
sehen wollte.

Diesen Schlecker, äh, Schläger von
Boris Becker

Hier sehen Sie noch einmal in einer Studio
den Tennisspieler Carretero.

Auch mit der Vorhand kann er erfolgreich
ra, retournieren, radulieren,
der Alexander Radulesu.

Sie hatte sich vorhin bei dem
verzweifelten Besuch, Versuch,
an einen Ball heranzukommen,
an den Oberschenkel gefaßt.*

Jana Novotna ist nur sehr selten
in der Lage zuwesen – gewesen, das Spiel,
das sie vorzieht, aufzuspielen.

Handla Mandlikowa

Für alle später nachhause Gekommenen
wollen wir noch einmal die Schlußphase
der Martini gegen Sabatini zeigen.

Die Weltrangerste, Weltranglistenerste

Arantxa Schanchez-Vicario

Zwei Damen mit dem perfekten Hang, nein,
dem perfekten Gleiten am Hang

Der Flach ist sehr, sehr flach, äh, der Start
ist sehr, sehr flach.

Alberta, Alberto Tomba

Dicht gestängt, dicht gedrängt, stehen die
Zuschauer hier.

Silber für Picabi, äh, Picabo Street

In der ersten (Abfahrt) lief's leider besser
als in der zweiten.

Nachdem sie so viel vorgelegt hatte
in der Abwehr.

Rico Gross gewinnt Bronze im 10 m,
10 km-Lauf.

Das hat weichreitende, weitreichende
Konsequenzen

Ein gewisser Spielrahmen

Berti Vogts, Sie machen doch noch einen
angespannten Andruck.

Gegen Wales haben sich schon einige
Mannschaften sehr hart getan.

Weil die ham jetzt die erste Runde
überreicht, äh, überstanden, äh, geschafft.

Ich kann mir vorstellen, die Enttäuschung
bei Erich Ribbeck war riesengroß,
daß das Entschiedium – daß das Präsidium
so entschieden hat.

Mit dem rechten Fuß in der 16. Minute
erzählt, erzielt.

Der erste FC kann können, äh, kontern.

Viktoria Aschaffenburg ist nun eldgültig,
endgültig in die Oberliga abgestiegen.

Tabellenreiter

Die Einwirkungen haben sich ausgewechselt.

Zu einem unerwarteten Einsatz kommt
Hans Flügler in der Bauern-Liga.

Franz Beggenbauer

Nach neuer Ringerlegel, regel

Mit Schwimmband, Stimmbandschwingung

Über freihundert, über zweihundert Meter
Freistil

Er soll gegen den Sieger dieses Boxes,
Kampfes boxen.

Steißen und Roßen

Mit 14 Rückschlägen –
Schlägen im Rückstand

Verkehrsmeldungen über Polizeistörungen liegen uns nicht vor.

Nun das Blick, der Blick aufs Wochenende

Bei strömendem Wetter, pardon,
bei traumhaftem Wetter strömen die Massen
ins Olympiastadion.*

Zum Schluß der Blecker, der Blick
aufs Wetter

Über Italien von Deutschland
ist es wolkenlos.

Triefdruckgebiet

Der Wasserstand am St. Peli Paugel

Und nun noch die Taten, Totozahlenreihe

Große Schatten, die, nein: Ereignisse,
die ihre Schatten vorauswerfen.

So sah es heut' überall in Essen aus.

Was soll man da sagen, das Wecker, äh,
Wetter wechselt ständig.

Mit zeitweise besonnigen Abschnitten,
äh, zeitweisige sonnigen, hm,
zeitweise sonnigen Abschnitten

Rhein-Main-Gebiet wolkig 12 Grad,
Mordhessen heiter 13 Grad, um Gottes willen,
nichts gegen unsere Nordhessen

Trotz des schönes Wetter,
des schönen Wetters

Wegen des wilden Metters

Weiterhin wild und mindig

Der Tee schn, der Schnee taut.

Wegen der anhaltend kalten Winterung, äh,
Witterung

Am Schneitag, äh, Freitag hat's geschneit.

Da fällt immer etwas Schnegen – Regen.

Nachdem dort ein einigendes, reinigendes
Gewitter stattgefunden hat.

Und es regnet doch aus Strömen.

Es fallen vereinzelt Regenschauer.

Im Norden bei maximal sechzig, haha,
»sechzehn Grad«, regnet es stetig.

Im Zuge unseres Unterviews, Interviews

Zurück zu Hamburg nach der Tagesschau

Schnittmeldungen, äh,
Schnittmengenbildungen

Ein Stau nach dem rechten Fahrstreifen
nach einem Unfall zwischen Hattersheim
und Hiftel, äh, Kriftel

Die Brie, äh, Quä, äh, die Bremsen
quietschen.

Beschleunigkeit

Wenn wir das zu lange auf unser Auto, äh,
Auge wirken lassen.

Behinderungen durch einen überbreiten
Schwertransport, der nicht überho, überrollt,
überholt werden kann.

Er blieb bei dem Unfall, äh,
Überfall unverletzt.

Die Autotier war nicht verrügelt.

Manchmal kriegt man einen Ton in den falschen Hals.

Bei verschiedenen Hinweisen gab es Verlage –
bei verschiedenen Verlagen gab es Hinweise,
die interessant waren.*

Buchfachleuchte, leute

Buchlagen-Beimesse

Große Bürger, Büchersammlung

Das Autorendudo, duo

Die imitierte Edition zum Jubiläum

In einer voll, verdienstvollen Ausgabe

In dem Buch da – von der Büchergilde,
in dem Heft, ich mein, in dem Katalog – das
war endlich mal eine erfolgreiche Conduite.

Wenn wir mal von der Bellestristik,
Belletristik weggehen.

Die Erzählung, die zu ihren besten,
aber wenig bekanntesten gehört.

Libelungenlied

Humanisch – humanischtisch

Jugendstuhlblume

Die Duden-Reaktion – Redaktion,
sehr schön

Ich bin seit 1993 Redaktionsrezens, äh,
Rezensionsredakteur.

Daß ich die Redaktionen, Entschuldigung,
die Rezensionen übernehme.

Hermann der Etrusker

Der nichts zur Wälsunga-Ba,
Saga beitragen kann.

Olas Magnus

Georg Mann, äh, Thomas Mann
und Georg Lukacs

Goethoven und Beethe

Max Freud, nein, Sigmund Freud
und Max Frisch

Das ist das Stimmungsgemüt,
das Stimmungsbild Goethes.

Ich mußte 'n Büchner-Konnok –
Büchner-Kolloquium bei ihm machen.

Die Brüfe Büchners

Käthchen vom Homburg

Der grüne Mann

Daß er nicht gesagt hat
»und Wickert schuf Krankheit«.

Da bekommt das Gericht ein anderes
Gedicht, äh Gesicht.

Wer mir ein kurzes Gesicht –
Gedicht aufsagen kann.

Dieser poetische Strick

Die Defina, nition als Romantik

Nicht nur »Das verzauberte Haus« schlägt
eine Brücke zuhaus, zurück zu
Andersens Märchen.

Es ist gar nicht so leicht, da an Antrittskarten,
äh, an Eintrittskarten zu kommen.

Haben Sie noch Karten für den
Klavierabend, nein, Klarinettenabend?

Heimatorgel

Wenn man die Liebe op, äh, Oper liebt.

Philhormonie

Die Blauhelmsonaten, äh, Soldaten

Sie hörten Johann Sebachs, Verzeihung,
Johann Sebastian Bachs Klavierkonzert.

Jacques Ochsenbach

Zum Abschluß des sechstägigen Handy,
Händl-Festivals

Als Rosa, als Hitler das rosa Kaninchen stahl.

Wie man die Entwicklung des Films auch
als eine Verbrennung, äh, Verdrängung
betrachten kann.

Das ist tütisch Bildzeitung.

Die Leute finden das schon spinnend, äh, spannend.

Filmführkabine, Filmvorkabine,
Filmvorführkabine

Null, null Schneider nagt, jagt, Nihil Baxter.

Nick Jackolson

Dackel Meiglas

Es haben sops, sechs Obdachlose mitgespielt.

Milli Willomitsch, äh, Willi Millowitsch

Para, para, parodistisches Gegenstück

Das Medium Radium

Auffrischender Südwestfunk, äh,
Südwestwind

HR früh, HR3, Entschuldigung,
HR4 mit dem Frühstücksbuffet

ARD und Z und F, äh, ZDF

Liebe Zuschauer und Zuschauer

Wir sind zu Gast in Max Schautzers
Fernseh-Gott, haha, Fernsehlotterie
»Die goldene Eins«.

Es ist auf den ersten Witz, äh,
auf den ersten Blick witzig.

Er wird versuchen, sich innerhalb
einer Stunde eine Zahl von 600 Ziffern
zu nennen.

Ich hab immer alles aufgeraten.

Ab wann muß man eine Zeitung
auf den Insekt, Index, setzen?

Mit Prunk und Prorie statt Klang und Glorie

Genießen Sie diese unbeschwingten, nein,
beschwingten Momente.

Schwungvolle Barrettmusik, Ballettmusik

An der Nase herumtanzen

Oje, diese Eierkassette

Das ist total hetzig.

Ein richtiger Kassenknaller

Jack Migger

Ruschelkock

Eine Band, die sicher verspricht, was sie hält.

Es spielen die Siener Wymphoniker.

Mit unseren beiden Doppelköpfen, haha,
mit unseren beiden Füchsen haben wir
einen Doppelkopf gemacht.

Wir spielen jetzt Krampf?

4711

Ich hab die Herz 9 weggeworfen, äh,
ich mein natürlich die As-Neun.*

Ich hatte keinen Punkt auf den Augen.

Misch dich da raus!

Idealersprache, äh, idealerweise ist eine Sprache harmonisch.

Etwas, was heute gar nicht mehr in unserem Sprachgeschatz, äh, Sprachgebrauch vorhanden ist.

Die Sprache spellt, stellt die Welt nicht nur dar.

Das wird 'ne Frage nach sich werfen.

Das wirft einige Fragezeichen auf.

Und salle agen immer.

Da hat er mir beigestimmt.

Daß dieses Erspräch gefolgreich war, äh, erfolgreich war.

Brechblasen, äh, Sprechblasen

Männliche Sprechstinne

Versprecher, Vertauscher

A: Sag was.
B: Zu mir?

Ein der Lauchsprache vergleichbares
Phänomen

Es fängt an mit einfachen Lauten
und hört ab, an, auf mit Sätzen.

Es gibt eine neue linguistische Winde.

Aber die Sprache spielt uns ein Schnippchen.

Sie sind völlig taub, können nicht sprechen.

Als schwerhöriger Hörloser

Die hochgradig Hörenden

Die ich ja nur vom Hören und Sagen kannte.

Wie du gehörst hast.

Als der Gema, als der Geist
der Gemeinschaft eine Sprache erfand.

Das gibt bestimmt ein stehendes Wort, äh,
einen stehenden Begriff.

Daß so ein Wort nicht richtig gequält wird.

Da gibt's doch noch so einen
fliegenden Spruch.

Das kann man nicht in Begriff,
in Griff bekommen.

Das sind natürliche Prädikate,
keine Erfindigungen.

Ne bironische, äh, ironische Bemerkung

Plitzsatz

Informationsblah

Das Wort des Unjahres

Da konnte ich nie die Ende zu Sätze,
die Sätze zu Ende führen.

Daß die modifizierenden Elemente immer
entweder davor oder entweder danach
stehen.

Sind das solche Besprecher,
Versprechersammlungen?

Die Versprecherkasch äh, kassetten

Kontaminationen und die Struktur
des Sprachprofessors, hihi, professors

Das tritt im Französischen aus, auf.

Es folgen die Fremdsprachennich,
nachrichten.

Der Text ist ja meistens in Prosa, äh, Präsens.

Stark oder flach, äh, stark oder schwach
flektiert

Also maximales Schilben, äh, Silbenschema

Das Silbenschema muß halt spinnen.*

Mehral

Kein gültiger Nateidame, hihi,
»Nateidame« hab ich gesagt.

Über die Bedeutung abläuten

Gibt es eine Schrift, die 'nen Strich
mit 'ner 7 hat, äh, die 'ne 7
mit 'nem Strich?

Du bist beschriftet.

Hieroglyphen sind schwer zu entschiffernde
Schriftzeichen.

Die Teilnehmer werden schriftlich
benachteiligt.

Mein Gott, ich kann das kleine ABC
nicht mehr!

Bei uns wurde sehr viel Weg,
Wert auf Kommasetzung gelegt.

Diese beiden Zweile

Ob das wirklich hintrifft?

A: Danke. Auf Wiederschaun.
B: Bittesehen!

A: Das ist ja Dugs Duffy.
B: Dugs Duffy?.
A: Äh, Bugs Buffy.

A: Und es ist Schwamm drüber gewachsen.
B: Moos.
A: Ja, Schwämme.

A zu B: Stell die Blumen doch auf die halbe Treppe.
C: Ich gieß deswegen meine so treppig.

A: Springt hier der Funke genauso über wie bei den Amateuren?
B: Der Sprung, äh, der Funke springt genauso über.

In einer Diskussion über Genmanipulation, Klonen von Fröschen und Krankheitsbekämpfung:
Jemand sagt mir, ich hätte Krebs. Was tue ich jetzt? Soll ich mich hinsetzen und Krebse klonen, um mich zu heilen?

Imperativ, äh, Imperativ, äh Imperfekt,
also der Imperativ, der Imperativ. Scheiße:
Jetzt sag ich »Präteritum«.

Ne, des is' die Ausstrahlung, gellung?
»Gellung« sag' ich.*

Das kann man nicht lernen, das kann
man auswendig, hihi, »instinktiv«
wollte ich sagen.

In den Amis, in den USA.
»Amis« hab' ich gesagt.

A: Pater Amandus sägelt. Äh, wie komm'
ich auf segeln?
B: Ei, von »basteln«.
A: Pater Amandus sägt und bastelt.

A: Da schütteln die Leute – was schütteln
die eigentlich?
B: Die schütteln den Kopf.
A: Ich wollte sagen: Da schütteln die Leute
die Hände über den Kopf!

Bericht über einen Versprecher im Radio
»Aussändler, äh, Aussiedler«. Stell Dir vor,
was jemand gestern im Radio gesagt hat:
»Ausländler«!

Ich will einen Karton abholen. Die Kartola,
äh, Angela hat einen deponiert.
Dieser Versprecher wird so vorgelesen:
»Die Angola hat einen deponiert«.

Ein Mensch, der in der Höhre liegt.
Habe ich eben »Höhre« gesagt?

Die sind ganz – kunsteislaufverrückt.
So, jetzt hab' ich's endlich!

Latein ist eine viel zu spere Sprache.
Minuten später: Jetzt hab ich »viel zu
spere Sprache« gesagt.

Da haben wir schon noch ein paar
ungelegte Eier im Keller –
damit die Metapher kaputt ist.

Eine böse Überraschung überlebte,
erlebte Mary Pierce.
Sie überlebte es auch.

A: Da sind wir verpennt worden.
B: »Wir sind verpennt worden«?
Das muß ich mir aufschreiben.
A: Jedenfalls hat uns keiner gesagt,
daß wir so früh antreten müssen.

A: Da hab ich einen Kochkurs gemacht –
texanisch, äh, nee, nicht »texanisch«,
so, äh, südamerikanisch.
B: Mexikanisch.
A: Ja, nicht texanisch, sondern mexikanisch.
B: Weißt du was: Ich hab' »mexikanisch«
verstanden, obwohl ich gehört habe, daß du
»texanisch« gesagt hast.

A: Wie war das? Wie macht man Cowboy-
Kaffee? – Man nimmt ein Pfund Wasser und
macht es etwas feucht?
B: Ein Pfund Wasser feucht machen?
C: Das ist doch gerade der Witz, denke ich.
A: Ein Pfund Wasser und macht es
etwas feucht.
B: Du hast gesagt »ein Pfund Wasser«.
A: Nee!
C: Doch.
A: Ehrlich? Ich hab aber »ein Pfund Kaffee«
gemeint. Dann schmeißt man ein Hufeisen
drauf, und wenn das Hufeisen untergeht,
dann nimmt man noch ein Pfund Kaffee.*

Danach muß ich mal die Marlene
nachfragen. »Nachfragen« is' doch Quatsch.

Wie war noch mal das Kriterium für die
Auswahl? Es müssen zwei Weiber dabeisein?

A: Endlich paßt der Ständer in den Baum.
B: Das war falschrum.
A: Nein, genauso wollt' ich es sagen.

A: Das erledigen wir im Handgalopp.
B: Du hast »Handgalopp« gesagt!
A: Das sag' ich immer. Das ist ein Ausdruck aus der Pferdesprache.

A: Daß ich nur aus dem Koffer gelegt habe.
B: Haha!
A: Schreib's bloß nicht wieder auf!

A: Tristan ist der Fritze, der Seitenbrecher.
B: Haha, »Seitenbrecher«!
A: Is' doch gut so!

A: Er sagt, man müsse sich klar ausdenken.
B: Das muß ich mir aufschreiben. Meinten Sie »klar denken« und »klar ausdrücken«?
A: An »denken« hab' ich überhaupt nicht gedacht!

Dieser Unterschied schmeckt ganz anders, äh, Quatsch, ich mein' – ja, komisch, was mein' ich eigentlich?*

Da habt ihr das Problem aller eurer Lösungen.

Das dricht, äh, drittwichtigste

Signifikint anders, signifikant

Mistverstanden, äh, mißverstanden

Ich würde dann den Vortrag machen, äh,
Vorschlag, daß das hier vorgetragene
Konzept abgestimmt wird.

Ne kleine Zensur ist jetzt nötig,
nicht Zensur, Zäsur.

Sachverhänge, Sachverhältnisse

Wissenschraft, äh, wissenschaftliches Streben

Mein persönliches Schatzwissenssystem

Ich würde das nicht noch mal verdeuteln, äh,
verdoppeln.

Er hat das gut erlörtert.

Wesentlich schärfer wog das Argument.

Das eine hätt ich ja fast überschlagen, äh,
unterschlagen.

Zweifelssicher, zweifelsohne

Demgemaß

Er hat die Autonomiethese aufgeschwächt.

Das kann man gut durchsteigen,
durchblicken.

Das hab ich blitzscharf geschlossen.

Wir grünzen es grundsätzlich.

Das ist doch das Ministe.

Das kürzen wir aus.

Gymnasten, äh, Gymnasiasten

Mußmatu, Mußmat, Mutmaßungen

Popuwärwissenschaftlich

Das is' doch alles Quitsch.

Das hängt mit der Zempralperspektive,
Zentralperspektive zusammen.

Mithilfe von radioaktiven Sibstanzen,
Substanzen sichtbar machen.

Es dreht sich um eine Extrapollution.

Weil sie nämlich sehr viele Tierarten
verteilt, äh, untersucht haben
auf ihre Verteilung.

Daß man Prüfmethoden finden müssen,
äh, muß.

Vorstelle

C-frier, C4-Professor

Da haben aber dann die Protesto,
Professoren protestiert.

Wir haben hier schon Professoren
ohne Abitur gehabt.

Die Warnung einer Gastprofessur
in New York

Den Vorsatz, Vorsitz hat die Prodekanin.

Der Kandidat, der am zweitbesten
abgeschnot, abgeschlossen hat

Klausur auf dem Kuchen

Die Universität hat sich in ihrer Krönung,
äh, ihrer Chronik dargestellt.

Die Löffel mit Weisheit gefressen

Ich hoffe, daß ich das in vier Semestern über
die Beine, über die Bühne kriegen kann.

Ich bin nächstes Semoster, äh,
Semester in Potsdam.

In der Fußnote sechs würde ich dann auch
»Anfax-Anfangssegment« schreiben.

In dem viertel Kapitel, im viertel Kapitel,
also in dem viertel Kapitel

Für das Referat wär'n nur die drei ersten
Arbeiten referant, äh, relevant.

Die Schriftführer händigen Ihnen an den
Alphabetischen, an den Ausgabetischen
in alphabetischer Reihenfolge
die Stimmzettel aus.

Die älteren Literatur- und Sprachstudenten,
äh, stufen

Ich hoffe, daß der Overhead-Projektor bald eintritt, eintrifft.

Wir haben leider keine Mikrophole, äh, Mikrophone hier im Saal.

Historisch-verspreich, historisch vergleichende Sprachwissenschaft

Ich hätte lieber für klare Verhältnisse geschafft:
Eine kleine Theorie über Versprecher und ihre Korrekturen

Die mußten dann nicht alle lang, alle laut anfangen zu prusten

Einige Vorbemerkungen

Schon Ausgang des letzten Jahrhunderts hat ein deutscher Sprachwissenschaftler, Rudolf Meringer, die erste große Sammlung von Versprechern zusammengetragen. Viele seiner Beobachtungen haben auch heute noch Gültigkeit:

»Man ist gewiß geneigt, die Sprechfehler in Bezug auf die Häufigkeit des Vorkommens zu unterschätzen. Hat man erst einmal darauf achten gelernt, dann sieht man, wie sehr man sich getäuscht hat.« (Meringer/Mayer, 1895, S. 9)

Niemand ist vor Versprechern gefeit:

»Ich habe im Kollegium der philosophischen Fakultät in Wien, wo doch gewiß geübte Sprecher sind, merkwürdige Versprecher gehört und notiert. ... und hätte sicher noch mehr notieren können, wenn ich nicht als einer der Protokollführer zu sehr auf den Sinn der Reden hätte achten müssen.« (Meringer/Mayer, 1895, S. 19)

Je lebhafter die Rede, je länger jemand ununterbrochen spricht, oder »je länger die Abendgesellschaft dauert«, um so mehr verspricht man sich.

Versprecher sind ein Fenster zu unserer Sprachkenntnis. Kaum eine andere Datenklasse ist für unsere Sprachproduktion vergleichbar aufschlußreich. Auch wenn eine fehlerhafte Äußerung oft keinen Sinn macht, ist es für den Hörer meist leicht, die Botschaft zu entschlüsseln, weil er mit dem Sprecher die Sprachkenntnis teilt, von Unterschieden im Wortschatz einmal abgesehen. Die Botschaft in dem Versprecher *es ist kein Zufall, daß die Engländer evangelisch und die Katholiken irisch sind* ist leicht zu entschlüsseln, auch wenn er nicht korrigiert wurde. Um wievieles schwerer aber fällt es uns, herauszufinden, was Herr Karasek wohl mit folgendem gemeint hat, obwohl doch alle Wörter fehlerfrei sind:

»Und ich finde, ich habe, und das ist sehr zeitgemäß, obwohl man das bisher schon oft gelesen hat, daß Menschen zu dritt in Beziehung geraten, das ist nicht das Neue, aber das ist das Zeitgemäße, daß die moderne Banalität diese gleitende heutige Gesellschaft ...« (Ausschnitt aus dem »Literarischen Quartett«, zitiert aus STERN 22, 1996, S. 37)

Der STERN beendet dieses Zitat mit »Aus, Platz, Karasek«.

Mündliche Rede ist selbstverständlich immer von Abbrüchen durchsetzt und nie direkt in schriftliche Sprache übersetzbar. Aber die mündliche Alltagssprache ist häufig auch wenig hilfreich, um die Feinstruktur der Sprachplanung herauszufinden.

Was bedeutet Sprachplanung eigentlich? Irgendwie ist klar, daß wir unsere Botschaften sprachlich kodieren müssen, damit die anderen Sprachteilnehmer sie überhaupt erfahren können. Zwischen der Botschaft und der Äußerung geht alles geregelt vonstatten – und zwar Schritt für Schritt, von der Bedeutung über die grammatische bis hin zur lautlichen Form. Ist eine Äußerung so weit geplant, daß sie den Artikulationswerkzeugen übergeben werden kann, wird sie kontrolliert. Findet das Kontrollsystem einen Fehler, so gibt es das Ganze zur Korrektur zurück. Aber so wie das Sprachplanungssystem nicht perfekt ist, so kann der Kontrollkomponente ein Fehler entschlüpfen. Der Versprecher wird nicht korrigiert.

Bevor wir uns den Details dieses Prozesses zuwenden, wollen wir zunächst Versprecher und ihre Muster anschauen. Für diejenigen, die mein Buch *Reden ist Schweigen – Silber ist Gold* gelesen haben, ist das nächste Kapitel vielleicht etwas langweilig. Aber ich habe doch einige neue Gesichtspunkte eingearbeitet. Die Forschung ist immer im Fluß, und auch ich habe in den letzten drei Jahren natürlich hinzugelernt. Danach wenden wir uns den vielfältigen Möglichkeiten von Korrekturen und ihrer Erklärung zu.

Mit welchem Fehler muß man angehen:
Die Versprecher

Form

Jeder sprachliche Ausdruck, sei es ein Wort, ein Satzteil, ein ganzer Satz, aber natürlich auch Satzfolgen – Texte oder Dialoge – ist nach formalen Regeln der Laut- und Wortkombinatorik aufgebaut. Nur wenn diese Regeln beachtet werden, können Sprecher mit ihren Äußerungen auch Botschaften übermitteln.

Neben den formalen Regeln gehört natürlich zu jedem Sprachsystem ein Lexikon, das die Wörter der Sprache speichert. Während die kombinatorischen Regeln nach abgeschlossenem Spracherwerb (meist schon im Alter von 4 bis 5 Jahren) nicht mehr erweitert werden können, ist der Wortspeicher ein offenes System, in das bis zum Lebensende neue Wörter aufgenommen werden können. Die Erweiterung des Wortspeichers hängt unter anderem damit zusammen, daß Menschen ständig Wissen akkumulieren. Das kann man gut an sich selbst beobachten. Ich zum Beispiel habe bis vor ungefähr 10 Jahren den Ausdruck »Festplatte« so interpretiert, wie es mein damaliges Wissen über die Welt erlaubte. Ich kannte Parties und Kanapées, also bedeutete für mich »Festplatte« so was wie »belegte Brote, die auf einer Platte anläßlich von Parties gereicht werden«. Seit der Computer auch in mein Leben eingetreten ist, verbinde ich etwas ganz anderes damit, ohne daß ich übrigens genau wüßte, was der Ausdruck wirklich bedeutet. Zurück zu uns allen.

Der Formaspekt wird gerne unterschätzt, ganz entgegen den Fakten, die man aus sprachwissenschaftlichen Forschungen heranziehen könnte. Schon ganz früh im menschlichen Leben zeigt sich nämlich, wie stark sprachlernende Kinder Struktur in den sie umgebenden sprachlichen Äußerungen erwarten, auch wenn sie den Inhalt der Ausdrücke möglicherweise noch gar nicht verstehen. Wenn sprachlernende Kinder Hosen mit Blumenmuster *blümiert* oder *blumig* nennen, dann haben sie die formalen Regeln der Wortbildung genau verstanden, auch wenn ihnen die Inhalte noch verschlossen sein mögen (Gabler u.a., 1992; Karpf, 1990; Keller/Leuninger, 1993). Ein besonders liebenswertes Beispiel hierfür teilte mir eine Grundschullehrerin mit, die in der 2. Klasse mit den Schülern das Muster der Adjektivsteigerung (*-er, am -sten*) spielerisch übte. Ein Schüler nannte ein Adjektiv, das dann von zwei anderen Schülern in die Komparativ- und Superlativform gebracht wurde. Da trug sich folgendes zu. Ein Schüler schlug *lesbisch* vor, seine Mitschüler – stolz darauf, das Muster verstanden zu haben – fuhren fort: *lästiger, am lässigsten*!

Störungen bei der lexikalischen und kombinatorischen Formplanung, die alle sprachlichen Elemente betreffen können, führen zu folgenden Versprechern.

Ersetzungen

Aufgrund der Ähnlichkeit von sprachlichen Ausdrücken kann es vorkommen, daß nicht der beabsichtigte, sondern der mit ihm formähnliche Ausdruck vom Sprachplanungssystem ausgewählt wird:

(a) A**l**gument ← Argument
(b) wenn er jetzt eine **Liaison** hätte ← Läsion

Formähnlichkeit bedeutet bei Ersetzungen von ganzen Wörtern gleiche Silbenanzahl, gleiche oder gleich empfundene Endungen, gleicher Anfangslaut usw. Solche Fehlleistungen dürfen aber nur dann in eine Versprechersammlung aufgenommen werden, wenn wirklich gesichert ist, daß der Sprecher den Unterschied zwischen den beiden Wörtern kennt und die Verwechslung nicht aus Unkenntnis resultiert. Das mag bei folgender Entgleisung nicht gegeben sein, von der mir ein Fernsehjournalist erzählte. Ein Bordellbesitzer, nach möglichen Geschäftseinbußen aufgrund der Angst vor AIDS gefragt, antwortete nämlich: »Ach wisse Se, des derf mer net so hochsterilisiere«! Versprecher setzen eine komplette Sprachkenntnis ohne grobe lexikalische Lücken voraus.

Fehler, bei denen mehr als ein Element in einem sprachlichen Ausdruck beteiligt ist, sind kombinatorische Versprecher. Diese können in verschiedene Richtungen gehen und viele sprachliche Elemente erfassen.

Antizipationen

Bei diesem Versprechertyp wird ein später in der Äußerung vorkommendes, und daher schon geplantes, Element zu früh eingesetzt. Das spätere Element, der Versprecherherd, kann im selben Wort sein, aber auch Wortgrenzen überschreiten:

(a) Sa**pp**elschle**pp**er ← Sattelschlepper
(b) wir können **der** Weg **der** Membran zurückverfolgen ← den Weg
(c) wohl unwieder**ver**bringlich **ver**loren ← unwiederbringlich
(d) die **sch**weiterhin **sch**wache Konjunktur ← weiterhin

Das Spiegelbild zu den Antizipationen sind die Postpositionen. Ein bereits geäußertes Element ist bei der Planung noch aktiv und wird zum Versprecherherd:

(a) Wir waren alle grippal ver**an**lagt **an** dieser Woche ← in dieser Woche
(b) die gr**ö**ßte B**ö**rse der W**ö**lt ← Welt
(c) Aber **ich** möchte auch verstehen, was **ich** gebärde ← Helen gebärdet
(d) Ich hab' übrigens die Arbeit von dem Lev**elt**, das neue Buch**elt** ← Buch

Daß die Sprachplanung auch ziemlich abstrakte Informationen bearbeiten kann, zeigt die folgende Postposition:

(e) daß eine kriegerische Auseinandersetzung für die Schweden zu einem Desaster geführt hätte**n** ← hätte

Hier ist nämlich die grammatische Information Plural aus *die Schweden* noch aktiv, so daß auch fälschlicherweise das Hilfsverb in den Plural gesetzt wird.

Antizipationen entstehen durch den Einfluß eines Versprecherherds rechts vom Ziel, Postpositionen durch den Einfluß eines Versprecherherds links vom Ziel. Es gibt jedoch auch Fehlleistungen, die rechts und links einen Versprecherherd haben, nämlich in de**m** vo**m** ih**m** gegründeten Theater ← von

Das linke *m* (aus *dem*) und das rechte *m* (aus *ihm*) schließen *von* ein und führen zu einer harmonischen Lautanpassung, die es übrigens in menschlichen Sprachen als Regularität ohnehin gibt (bspw. im Türkischen oder bei der Umlautbildung im Deutschen).

Verlassen zwei Formelemente ihren Platz, so sprechen wir von

Vertauschungen

(a) **Schl**ecken Sie den **St**üssel ins Loch. ← Stecken Sie den Schlüssel ins Loch.
(b) **Ka**mmer**zi**merad ← Zimmerkamerad
(c) Manchmal **schlafe** ich abends so sehr, daß ich nicht ein**frieren** kann. ← Manchmal friere ich abends so sehr, daß ich nicht einschlafen kann.

Die lautlichen kombinatorischen Irrtümer unterliegen strengen Formbeschränkungen. Beispielsweise befinden sich Laute, die ihren Platz wechseln, immer in derselben Silbenposition. Versprecher führen nahezu nie zu chaotischen Sprachverhältnissen. Offenkundig ist unser Planungssystem so fein abgestimmt, daß selbst sprachliche Entgleisungen Formbeschränkungen der Sprache beachten und daher vom Hörer verstanden werden können. Würden durch Versprecher Laute einfach durcheinander gewirbelt, wäre es ja für den Hörer unmöglich, die Botschaft zu entschlüsseln.

Vergleichbare Formbeschränkungen gelten ebenso für

Strandgutirrtümer

(a) ein **kolleg**ischer **Malay**e ← ein malayischer Kollege
(b) ein **genuss**er **Barock**mensch ← ein barocker Genußmensch

Die Äußerung ist schon bis zur grammatischen Gliederung geplant, d.h. die Elemente, aus denen diese Gliederung erkennbar wird, nämlich *-isch-er* bzw. *-er* für das jeweilige Adjektiv, wechseln ihren Platz nicht mehr, sie stranden.

Bedeutung

Sprachliche Ausdrücke haben eine Bedeutung. Diese Ausdrücke können einfach, aber auch zusammengesetzt sein. Die Bedeutung von Wörtern wird im sprachlichen Lexikon angegeben oder ergibt sich aus der Kombination ihrer Bestandteile; aber nicht nur das. Ausdrücke werden nicht nur gemäß ihrer Formbeziehungen, sondern auch gemäß ihrer Bedeutungsbeziehungen im Lexikon vernetzt. Diese Netzwerkstruktur erleichtert den Sprachteilnehmern den Umgang mit ihrer Sprache. Ja, selbst bei schweren sprachlichen Beeinträchtigungen sind noch mindestens Teile des Netzwerks intakt, so daß sprachgestörte Menschen in gewisser Weise bedeutungsangemessen reagieren können. Oft können sie beispielsweise nicht mehr die genaue Bezeichnung abrufen (etwa *Amsel*), schöpfen aber noch Netzwerkinformationen aus und sagen *Vogel* oder *Spatz*. Es ist genau diese Mächtigkeit des lexikalischen Netzwerks, die auch Gefahren in sich birgt. Speichernähe kann nämlich zu Fehlgriffen führen, so daß Versprecher entstehen, nämlich

Ersetzungen

(a) Das ist der **Hund** von Sabine. ← die Katze

(b) **Lehr**leistungen, die im Laufe des Grundstudiums erbracht werden müssen ← Lernleistungen

Die beiden bedeutungsverwandten, daher vernetzten Ausdrücke, werden gleichzeitig aktiviert, und es gewinnt der nicht beabsichtigte Ausdruck.

Der spannendste sprachliche Wettkampf findet bei sogenannten Kontaminationen statt. Zwei Formen werden aktiviert, die beide die Botschaft des Sprechers gleichermaßen ausdrücken könnten:

(a) Man kann doch einfach **scheigen**. ← schreiben/sagen
(b) Ich möchte Herrn L. **beistimmen**. ← beipflichten/zustimmen
(c) Sei mir nicht übel. ← Sei mir nicht böse./Nimm's mir nicht übel.
(d) Er ist mir auf die Pelle getreten ← Er ist mir auf die Pelle gerückt/auf die Füße getreten.

Anders als bei Ersetzungen gewinnt zunächst keiner der Konkurrenten. Schließlich findet ein Kompromiß statt, indem relevante Teile beider Ausdrücke zusammengefügt werden, übrigens nahezu immer formgerecht (vergleiche beispielsweise Wiegand, 1996; hier finden Sie auch alle neueren Publikationen über Versprecher). Zum einen sind die Bruchstellen grammatisch korrekte Positionen, bspw. nach einer Vorsilbe (*bei/zu*), zum anderen wird die Kompromißlösung grammatisch angepaßt. Dazu später mehr.

Vertauschungen

Manchmal werden auch komplette Wörter vertauscht, unabhängig von ihrer Bedeutung, aber abhängig von der Wortart, die auch im Lexikon notiert ist. Nur Wörter derselben Wortart werden vertauscht:

(a) Ich hab' 'ne **Frau** als **Holländerin** ← 'ne Holländerin als Frau

(b) morgen mehr auf gleicher **Stelle** an gleicher **Welle** ← auf gleicher Welle an gleicher Stelle

(c) Der **Affe** stammt vom **Menschen** ab. ← Der Mensch stammt vom Affen ab.

Und etwas komplizierter:

(d) **Rot** ist **Blau**, und **Plus** ist **Minus** ← Rot ist Minus, und Blau ist Plus

Die für Formversprecher schon eingeführten Antizipationen und Postpositionen finden sich auch auf der Bedeutungsebene. Auch hier gilt, daß die Bedeutung eines sprachlichen Ausdrucks mit seiner Vernetzung ausgerechnet wird, sodaß Teile des Netzes mitaktiviert werden können:

Antizipationen

Ich glaube, daß es Übelkeit **bewegt**, daß dieser Planet noch nicht erforscht ist. ← bewirkt

Mit *Planet* ist offenkundig im Lexikon dieses Sprechers Bewegung vernetzt, daher diese bedeutungsbedingte Antizipation.

Postpositionen

Die vertreten hier ganz unterschiedliche **Differenzen** ← Interessen

Die Bedeutung des Adjektivs *unterschiedliche* führt zu dieser Postposition.

Neben den bislang vorgestellten Versprechertypen kommen gelegentlich auch Tilgungen, Hinzufügungen und Infektionen vor. Insbesondere bei Infektionen können Form und Bedeutung gemischt werden.

Tilgungen

Der Patient war **Scheißer** im Akkord. ← Schweißer

Hinzufügungen

ohne die analy**s**tischen Vergleichungen ← analytischen

Während die Tilgung recht unmotiviert erscheint (vergessen Sie ganz schnell Ihre Assoziationen), ist die auf den ersten Blick ebenso unmotiviert erscheinende Hinzufügung doch durch das Lexikon bestimmt. Offenkundig hat der Sprecher parallel *Analyse*, und damit das hinzugefügte *s*, auch zur Verfügung (vergleiche Berg, 1988; Dittmann, 1988; Schade, 1992).

Infektion und Virus

Manchmal enthält eine Äußerung mehr als einen Versprecher:

(a) mit der **ge**selben Geschwind**ligklei**keit ← derselben Geschwindigkeit/Schnelligkeit

(b) ein **hochintelligabtes K**indel**f**ind ← ein hochintelligentes/hochbegabtes Findelkind

In der infizierten Äußerung (a) wird zunächst *ge* vorweggenommen, dann *Geschwindigkeit/Schnelligkeit* kontaminiert und schließlich das *l* aus dem kontaminierenden Wort postponiert. Nur diese Postposition wird korrigiert. In (b) wird zunächst kontaminiert, und dann werden im folgenden Wort noch die beiden Konsonanten *f* und *k* vertauscht. Dieser Versprecher erholt sich nicht von der Ansteckung. Ich nenne solche Versprecher »Virusversprecher«. Ein Versprecher zieht magisch weitere Versprecher an. Auf dieses Phänomen komme ich im nächsten Kapitel noch einmal zu sprechen.

Alle eben vorgestellten Versprecher haben den Versprecherherd im selben Satz. Das ist in den meisten Fällen so. Gelegentlich findet sich der Versprecherherd aber auch außerhalb des gerade geäußerten Satzes, entweder im Satz davor oder im Dialog oder in der Situation:

(a) Satz 1: »Löcher in den **Strümpfen**«. Satz 2: ach, diese muß ich noch **strümpfen** ← stopfen

(b) Hat noch jemand rote **Augen**? ← rote Dreier

(beim Canasta, rote Dreier sind viele Augen, zählen viel)

(c) Das ist aber auch **schwiereck**. ← schwierig

(bei der Aufgabe, ein Dreieck zu benennen)

Versprecher wie (b) und (c) werden als planexterne Versprecher bezeichnet.

Wie die volle Traube aus der Regenhaube: Mißverständnisse und ihre Lösungen

Die vierjährige Saskia singt mit ihren Eltern oft deutsche Volkslieder, auch das Lied, in dem die Zeile *wie die volle Traube aus der Rebenlaube purpurfarbig strahlt* vorkommt. Aber sie kennt noch keine Rebenlauben und macht sich daher ihren eigenen Reim. *Regenhaube* ist lautlich sowieso fast identisch, da macht es nichts, daß auch in Saskias Welt Trauben nicht aus Regenhauben kommen (Hohenberger, 1996; Hohenberger/Leuninger, 1996).

Bei einer Diskussion um den universitären Haushalt wurde das Wort *Bodensumme* gebraucht. Die Mitglieder des Haushaltsgremiums verstanden diesen Ausdruck als *Bohnensuppe*! Bei der Lektüre eines Zeitungsartikels über Leichendiebstahl las ich ziemlich am Ende dieses Artikels plötzlich *Ladendiebstahl.* Und die Person aus Mauritius, die 1847 den Druckstock für eine Two-Pence-Marke herstellte, fabrizierte *Post Office* statt *Post Paid.* Nur letztere Fehlleistung führte zu einem riesigen pekuniären Erfolg. Aber mindestens so kostbar für unser Verständnis lexikalischer Fehlleistungen sind auch die anderen Mißverständnisse. Allen ist gemeinsam, daß zwar das jeweils einzelne Wort, das dem Zielwort formal ähnelt, eine Bedeutung hat, aber die Bedeutung des Gesamtsatzes eher merkwürdig ist. Weder sind in Haushaltsausschußsitzungen Bohnensuppen wichtige Themen, noch ist Ladendiebstahl etwas besonders Gruseliges, und über Postämter auf einer Briefmarke zu informieren, ist auch eher ungewöhnlich. Dies spricht dafür, daß formale lexikalische Ersetzungen strikt wortbezogen sind und die Bedeutung anders als bei beispielsweise den Kontaminationen keine Rolle spielt.

Alle diese Fehlleistungen sind nicht aus der Planung einer eigenen Botschaft entstanden, sondern sind Bearbeitungen von etwas Gehörtem oder Gelesenem.

»Lesen ist nicht buchstabierend. … Das altbekannte Übersehen von Druckfehlern genügt«, um diese Beobachtung zu stützen. Beim stillen Verlesen ist unser für die mündliche Rede zuständiges System genauso wirksam (Meringer/Mayer, 1895).

Verschreiber sind ebenso wie Verleser nicht allein auf die Eigenheiten des Schriftsystems zurückzuführen und zeigen daher oft dieselben Muster wie Versprecher, wie folgendes Beispiel zeigt, das mir von einem freundlichen Leser zugeschickt wurde:

»Ich habe zu keinem Zeitpunkt, wie Sie schreiben, behauptet, die Mutter meines Mandanten sei im Altenheim umgebracht worden. Vielmehr habe ich wahrheitsgemäß berichtet, daß die Mutter im Altenheim untergebracht worden ist!«

Ebensolches gilt für das Verhören. *Bodensumme* und *Bohnensuppe* sind formal recht ähnlich. Darüberhinaus spielt offenkundig auch die Häufigkeit der Wörter eine Rolle. *Bodensumme* ist -wenn überhaupt- ein recht ungebräuchliches Wort, sowie auch für unseren Mauritianer *Post Office* ein häufigeres Wort war. Generell gilt, daß häufigere Wörter schneller im Wortspeicher aufgefunden werden können. Daher diese Verhörer.

Lexikalische Kontrolle

Alle eben vorgestellten Versprecher sind einschrittig. Es passiert ein Fehler, ein falscher lexikalischer Zugriff oder eine falsche lineare Planung, und der Versprecher kommt ans Tageslicht. Dies gilt selbst, wenn eine zweite Form gleichzeitig aktiviert wird.

Wie aber läßt sich der folgende Versprecher erklären?

Und die macht keinen Kummer, keinen Finger krumm

Vermutlich ist hier folgendes geschehen. Im ersten Schritt wird *krumm* antizipiert. Das hätte den Versprecher *und die macht keinen Krummer krumm* ergeben. Solche Versprecher kommen natürlich auch vor, wie etwa die Antizipation *Hautsänge hingen* ← *Hautsäcke*, die nicht lexikalisch kontrolliert wird. Lexikalische Kontrolle kann, muß aber nicht durchgeführt werden. Findet sie statt, so bleibt der erste Schritt dem Hörer verborgen, denn der Sprecher konsultiert – natürlich unbewußt, sehr schnell und für den Hörer unmerklich –

schnell seinen inneren Wortspeicher, findet das lautlich sehr ähnliche Wort *Kummer* und produziert so ein tatsächlich vorkommendes Wort des Deutschen. Für unseren Zusammenhang ist es jetzt unerheblich, daß der Versprecher korrigiert wurde. Selbst bei Sätzen mit Abkürzungen wie *es hilft schon, wenn DGB verwendet wird* ← *LBG* hat lexikalische Kontrolle stattgefunden. *DGB* und *LBG* sind im inneren Lexikon gespeichert. *DGB* ist das wohl allen bekannte Kürzel für »Deutscher Gewerkschaftsbund«, *LBG* ist sicherlich nur einigen Sprechern bekannt, dem Sprecher, der den Versprecher produziert hat, aber vertraut: »Lautsprachbegleitende Gebärden«. Auch hier haben wir einen zweischrittigen Versprecher. Im ersten Schritt wird **d** aus *verwendet* vorweggenommen, so daß *DBG* hätte entstehen müssen. Der zweite Schritt führt mit lexikalischer Kontrolle zu *DGB*. Übrigens gilt auch hier, daß der gesamte Satz keine sinnvolle Bedeutung erhält. Das geplante Wort *LBG* paßt in den Kommunikationszusammenhang, nicht aber der Deutsche Gewerkschaftsbund. Der zweite Schritt resultiert also aus einem streng wortbezogenen Überwachen der Äußerung. Diese selten vorkommenden, weil aufwendigen Versprecher entstehen durch lexikalische Kontrolle (vergleiche Leuninger/Keller, 1994).

Verteilung

Die Versprechertypen sind in meiner Sammlung (und mit kleinen Unterschieden auch in anderen Sammlungen) ungefähr gleich verteilt: Kontaminationen sind mit 24% die häufigsten, danach kommen Antizipationen mit 20%, Ersetzungen und Postpositionen mit 19% bzw. 17%. Viel seltener sind dagegen lexikalische Kontrolle und Tilgungen mit 3% und Hinzufügungen mit 1%.

Du stimmst:
Wie Versprecher korrigiert werden

Wenden wir uns nun den Korrekturen zu, und zwar den Selbstkorrekturen. Korrekturen durch andere sind nicht erwünscht und auch selten:

»Gewöhnlich werden die Sprechfehler thatsächlich überhört. Dadurch, daß die Erziehung es uns zur Pflicht macht, über solche Dinge nicht zu lachen, lernen wir sie übersehen und müssen uns Gewalt antun, indem wir den Sinn wieder schärfen.« (Meringer/Mayer, 1895, S. 10)

Zunächst scheint alles klar. Ein Fehler wird vom Sprecher bemerkt und dann korrigiert:

(a) das Zugangsalter für Frauen auf 65 **Mark**, äh, hihi, 65 Jahre zu beschränken

Wie wir aber gleich sehen werden, braucht es schon einige genauere Überlegungen, denn auch unser inneres Korrektursystem ist ziemlich differenziert aufgebaut.

Beispiel (a) ist allerdings ein ganz typischer Fall für eine Korrektur. Der Sprecher bricht seine Äußerung unmittelbar, nachdem der Fehler entdeckt ist, ab, dann kommt eine sogenannte gefüllte Pause (*äh* und Lachen), schließlich die Korrektur.

So kann es gehen, muß aber nicht:

(b) Ihr Gesamtwerk ist eine einzige Ref**u**renz, Referenzakkumulation

(c) Eine Aktivierung in der **Straf**region, äh, **Straf**region, hihi, Sprachregion

(d) Sie, Frau Heuser, gestern konnt' isch leider net vorbeikomme, da hatt' isch die Wäsch', also isch mein', gestern **früh** hatt' isch die Wäsch', also die **Mangelwäsch'**, wo isch in de Reinigung gemacht hab'.

(e) A: Wie komm' ich zur Gipsstraße?
B: Sie gehen erst zirka 100 m geradeaus, dann biegen Sie rechts in die Betonstraße ab, falsch, links in die Betonstraße, und an der nächsten Kreuzung links, Unsinn, am nächsten Kreisel.

Was ist eigentlich eine Korrektur? Eine Korrektur ist das meist sichtbare Ergebnis einer Selbstüberwachung, die ganz unabhängig von der Reaktion des Gesprächspartners erfolgt (viel genauer in MacKay, 1987). Sprecher verhalten sich bei ihren Korrekturen nahezu völlig autonom.

Wir können drei Sorten von Korrekturen unterscheiden:

1. Versprecherkorrekturen
2. Kommunikative Korrekturen
3. Botschaftskorrekturen

Botschaftskorrekturen werden durch Beispiel (e) illustriert. Der Sprecher merkt bei seiner Wegerklärung, daß er den Hörer in die Irre führt, zumindest kommt der Hörer so nicht in die Gipsstraße. Eine kommunikative Korrektur zeigt Beispiel (d) (vergleiche Levinson, 1990). Offenkundig möchte die Sprecherin ihre erste Äußerung präzisieren, weil sie dies für kommunikativ angemessener hält. Dabei ist unerheblich, ob nur die genauere Bestimmung von Zeitpunkt und Art der Wäsche den Kommunikationserfolg garantiert – Korrekturen sind eben ganz eigenmächtige Gebilde. Und hierher paßt auch der eingangs zitierte Textausschnitt von Herrn Karasek. Dieser ist nämlich eine nahezu unüberschaubare Ansammlung von kommunikativen Korrekturen, ohne daß damit Kommunikationserfolg gewährleistet würde. Versprecherkorrekturen [Beispiele (a)–(c)] bearbeiten Fehler, die zu einem Mißerfolg im Verständnis führen können, aber nicht müssen.

Gesprächsteilnehmer überhören Versprecher nicht nur aus Anstand, sondern auch, weil »... der Hörer ganz ähnlich daran ist wie der Sprecher und wohl aus derselben Ursache überhört, aus der der andere sich verspricht.« (Meringer/Mayer, 1895, S. 10) Viel entscheidender als ein kommunikativer Mißerfolg aufgrund eines Versprechers ist die Tatsache, daß das menschliche Sprachplanungssystem nahezu perfekt und auf sprachliche Angemessenheit seines Outputs eingerichtet ist. Das gleiche gilt für den Hörer, der aus demselben Grund mit einem fehlerlosen Input rechnet. Im Prinzip kann das Sprachplanungssystem alle sprachlichen Mißgriffe kontrollieren, ausfiltern und korrigieren.

Explizite Versprecherkorrekturen

Was wird kontrolliert und korrigiert? Experimentelle Studien und Untersuchungen von alltäglichen Korrekturen aus Versprechersammlungen haben folgendes Bild ergeben (vergleiche bspw. Baars u. a., 1975; Laver, 1973; 1980; Levelt, 1983; Noteboom, 1980; Tent/Clark, 1980):

Alle sprachlichen Einheiten können nach ihrer Bedeutungs- und Formangemessenheit überwacht werden. Die durch Wortersetzung [(a) und (c)] und durch Antizipation entstandenen Versprecher (b) werden ebenso korrigiert wie die lautliche Postposition

(f) daß diese Strategie **u**ngemein erfolgreich w**u**r, war

oder die Harmoniebildung

(g) i**n** der E**n** – erwecku**n**g

Auch satzübergreifende Versprecher wie

(h) Satz 1: … **Milieu** …
Satz 2: Dann nennt man diese Texte in

einem **Milieu**, Entschuldigung, Atemzug.

können leicht korrigiert werden.

Korrekturversuche: Annäherungen

Auch wenn der Fehler entdeckt wurde, muß nicht in jedem Fall die Korrektur gelingen. Die falsche Form kann wörtlich wiederholt oder variiert werden:

(i) zur Anordnung des **Gehäuses**, also zur Anordnung des **Gehäuses** ← Gebäudes/Hauses

(j) Huf**lattenblütich**tee, ach nein, ich meine Huf**blütenlattich**tee ← Huflattichblütentee

Unvollständige Korrekturen

Gelegentlich erwischen Korrekturen nur einen Teil der fehlerhaften Äußerung. Sie kennen ein Beispiel schon

(k) mit der geselben Geschwind**ligklei**keit

Als Faustregel gilt: Kommt mehr als ein Versprecher in einer Äußerung vor, so wird tendenziell der näher am Satzende auftretende Fehler korrigiert.

Virus

Jetzt bin ich völlig neben der Rolle, könnte den Zustand unseres Sprachplanungssystems charakterisieren, wenn ein Virus sich ausbreitet. Während bei infektiösen Versprechern zumindest ein Teil erfolgreich korrigiert wird, wird bei Virusversprechern zunächst durch die Korrektur ein intakter Zustand erreicht, dann aber ein neuer Versprecher hervorgebracht:

(1) das Angriffstennis beh**a**r, beherrscht sie noch nicht so, um ihre Gegnerin in Verleg**ung** zu bringen ← Verlegenheit

Kontrollsignale

Korrekturen machen sich unterschiedlich bemerkbar, nämlich durch

1. gefüllte Pausen / Verzögerungsausdrücke
2. stille Pausen

Wird ein Versprecher entdeckt, so signalisiert der Sprecher dem Hörer mit Verzögerungsausdrücken, daß er zwar das Richtige gemeint, sich aber sprachlich vertan hat. Es gibt da ein reichhaltiges Repertoire, von *äh*, über *Entschuldigung*, *Quatsch*, Lachen usw. Interessanterweise kommen solche Verzögerungsausdrücke viel seltener bei kommunikativen Korrekturen vor. Das Verhältnis ist ungefähr 62% Verzögerungsausdrücke bei Versprecherkorrekturen zu weniger als 30% bei kommunikativen Korrekturen (vergleiche Levelt, 1989).

Korrektursignale sind aber auch stille Pausen, und manchmal treten keine merklichen Pausen auf wie in

(m) zum Aus**b**ru, Ausdruck bringen

Korrekturen ohne Pausen benutzen jedoch oft andere Mittel, bspw. Hervorhebungen wie die Vokaldehnung in

(n) einen kapite, kapit**a**len Fehlstart erlebte die deutsche Hockeymannschaft.

Mit stillen und gefüllten Pausen gewinnt das System Zeit, um die Korrektur vorzubereiten (vergleiche Levelt/Cutler, 1983). Jetzt sind auch solche Annäherungen wie die der Versprecher (i, j) klar. Die Schritte bei gelungenen und mißlungenen Annäherungen an das Ziel schaffen Zeit für die Neuplanung.

Wieviel Zeit brauchen Korrekturen?

Es ist immer wieder beeindruckend zu sehen, mit welch atemberaubender Geschwindigkeit wir Sprache planen und äußern (ein einsilbiges Wort braucht zirka 250 Millisekunden). Ebenso fantastisch kurz sind die Zeiten, die man für das Erkennen von Fehlern aufwenden muß. Die kleinste Zeitspanne umfaßt weniger als 100 Millisekunden, bei Korrekturen, die direkt nach dem ersten Laut eines falsch geplanten Worts einsetzen:

(o) **l** – drechts davon ← rechts davon

Wie Sie jetzt schon wissen, hat sich neben dem korrigierten Versprecher (falsch geplant war ja *links*) ein weiterer Versprecher eingeschlichen, der nicht mehr korrigiert wird, nämlich eine Antizipation von *d*.

Distanz

Dies bringt uns zu der Frage, wann und wo Fehler entdeckt und korrigiert werden. Die Grundtendenz läßt sich so formulieren: Korrigiere einen Fehler gleich, nachdem er entdeckt ist.

Die Distanz zwischen dem Versprecher und der Unterbrechung ist jedoch variabel:

1. unmittelbar nach dem Anfangslaut
2. im Wort nach einer oder mehr Silben
3. unmittelbar nach dem kompletten Wort, der häufigste Unterbrechungsort
4. verschoben

Verschoben bedeutet, daß der Fehler nicht direkt nach dem geäußerten Wort, sondern erst später entdeckt wird.

Verschiedene Sprachwissenschaftler haben untersucht, bei welchen Versprechern wo unterbrochen wird. Noteboom (1980) beispielsweise hat die von Meringer 1908 gesammelten

Versprecherkorrekturen analysiert. Wie bei allen Sammlungen wird auch hier am häufigsten nach einem kompletten Wort unterbrochen. Wird die Unterbrechung weiter verschoben, so muß die Korrektur spätestens nach dem fünften Wort erfolgen, ansonsten erlischt die Aufmerksamkeit des Systems. Solche aufgeschobenen Unterbrechungen kommen fast ausschließlich bei lexikalischen Irrtümern vor.

Unterbrechung ist das eine; aber daraus folgt nicht automatisch, daß das korrigierte sprachliche Material genau an der Bruchstelle beginnt. Am häufigsten fängt die Wiederholung mit dem korrigierten Wort an, das vorher vom Versprecher befallen war (siehe die Korrekturen b, c, f, g, h). Wie Sie in der Sammlung sehen können, wird bei zusammengesetzten Wörtern manchmal nur ein Bestandteil, der nämlich, in dem der Fehler war, wiederholt: *Nettobreise, äh, preise)*. Ganz selten wird von der Mitte des nächsten Worts aus wiederholt. Wörter sind wie Inseln, wenn es um korrigierende Wiederholungen geht. Und dies gilt für lautliche Irrtümer genauso wie etwa für Wortersetzungen. Aber es kommen auch Wiederholungen vor, in denen mehr als der korrigierte Ausdruck aufgegriffen wird, wie in (a) und (i), wo das an sich nicht fehlerhafte Wort *65* (Jahre) bzw. die fehlerfreie Wortfolge *zur Anordnung des* (Gehäuses) wieder aufgenommen werden. Solche Wiederholungen sind seltener bei Lautirrtümern als bei Irrtümern, die ein ganzes Wort betreffen (Noteboom, 1980).

Damit haben wir jetzt die Faktoren erfaßt, die mindestens bei expliziten Korrekturen berücksichtigt werden müssen: Entdecken des Fehlers, Signalisieren des Fehlers, Planen und Ausführen der Korrektur.

Korrekturformate

So wie die überwältigende Mehrzahl von Versprechern den Regeln einer Sprache genügt, so sind auch Korrekturen formgerecht. Bis auf die seltenen Unterbrechungen nach dem Anfangslaut wird bei Unterbrechungen im Wort immer der Silbenaufbau des Worts oder der Sprache beachtet. Auch in dem Abbruch im Beispiel (m) ist *-bru* eine mögliche Silbe des Deutschen, wenn auch keine des Fehlers (die ist nämlich *bruck*). An Korrekturen läßt sich darüber hinaus ein feines Muster erkennen. Die ursprünglich geplante, aber von einem Versprecher befallene grammatische Form bleibt in der Korrektur erhalten, ganz oft jedenfalls. Der bereits erwähnte niederländische Linguist Levelt hat zum Beweis dieser Regularität einen einfachen diagnostischen Test entwickelt (vergleiche de Smedt/Kempen, 1987; Levelt, 1989). Man setze nach dem

Versprecher die Konjunktion *oder* ein und erhält wieder einen korrekten Satz:

(p) 1650 ließ der Bischof, Entschuldigung, der König dem Bischof mitteilen

mit *oder*

1650 ließ der Bischof oder der König dem Bischof mitteilen

Probieren Sie dieses Verfahren doch mal mit den anderen Korrekturen aus. Sie werden sehen, es klappt gut. Versprecherkorrekturen sind in gewisser Weise konservativ. Sie lassen so viel wie möglich von der geplanten grammatischen Form intakt.

Korrigiert und bemerkt?

»... man kann sich versprechen und korrigieren und doch von alledem nichts wissen.« (Meringer/Mayer, 1895, S. 12).

Diese Beobachtung überrascht jetzt ja niemanden mehr, denn mit dem bis hierher erworbenen Wissen im Hintergrund läßt sie sich leicht überprüfen. Kontrolle, Unterbrechung und Korrekturen vollziehen sich in extrem kurzer Zeit und sind – jedenfalls in einem beträchtlichen Ausmaß – Teil des normalen Redeflusses.

Dennoch gibt es auch Versprecher, die bemerkt, aber nicht korrigiert werden. Häufig kommt es dabei zu Abbrüchen. Die Versprecher

(q) die Spatzelruter Kasten ← die Kastelruter Spatzen
(r) der Jusmiti ← Justizminister

sind bemerkt, aber nicht korrigiert worden. Die Sprecher mußten allzusehr lachen.

Implizite Korrekturen

Die bislang vorgestellten expliziten Korrekturen sind für den Hörer wahrnehmbar. Damit haben wir aber noch nicht alle Kontrollmechanismen erwischt, die unser Sprachsystem zur Verfügung stellt. Es gibt nämlich noch die bereits erwähnte lexikalische Kontrolle, bei der der eigentliche Versprecher gar nicht ans Tageslicht kommt, sondern ein zweiter:

(s) Ich könnte die Witze sowieso nicht **bezahlen** ← behalten und erzählen

Durch die Vorwegnahme des *z*, lautlich *ts*, entsteht innerlich *bezalten.* Die realisierte Form *bezahlen* ist aber auch nicht die beabsichtigte, dennoch aber eine, die durch innere Überwachung entsteht. Lexikalische Kontrolle ist also ein Fall von Überwachung und Korrektur mit einem für das Sprachsystem, nicht aber für die Botschaft zufriedenstellenden Ergebnis.

Der folgende Versprecher zeigt, daß man explizite und implizite Kontrolle wirklich trennen muß:

(t) Im Moment ist der Bereich weiträumig **abgeschafft**, äh, ab – abgeschirmt.

Abgeschafft ist durch den Nachklang des *a* und lexikalische Kontrolle (des innerlich entstandenen *abgescharmt*) entstanden, und diese implizite Kontrolle wird dann sichtbar korrigiert.

Grammatische Kontrolle

Ein zweiter Typ von systeminterner impliziter Kontrolle ist die grammatische Anpassung. Wird durch einen Versprecher die Position eines Worts verändert oder ein Wort mit anderen grammatischen Eigenschaften eingesetzt, so greift sehr oft eine grammatische Anpassung und korrigiert die Form der möglichen falschen Ausgabe:

(u) weil ich in der Unterkommission gewesen **hab'** und die Unterlagen hatte ← weil ich in der Unterkommission gewesen bin

(v) mit dem **direkten** Abschnitt davor ← mit dem Abschnitt direkt davor

Im Versprecher (u) wird eine abstrakte Form von *haben* vorweggenommen und grammatisch angepaßt, nicht etwa die oberflächlich leichter zugängliche Form *hatte*, was zu der grammatisch nicht beabsichtigten Ausgabe *weil ich in der Unterkommission gewesen hatte* geführt hätte. Im Versprecher (v) wechselt das Adverb *direkt* seinen Platz, aber es kommt nicht zur grammatisch abweichenden Äußerung *mit dem direkt Abschnitt davor*, sondern die antizipierte Form wird richtigerweise wie ein Adjektiv behandelt und erhält die notwendige Endung.

Das Modell

Gäbe es keine Korrekturen, so würde uns nichts zwingen, ein so komplexes Sprachplanungsmodell anzunehmen, wie Sie es auf Seite 140 sehen.

Komplex ist es, weil ja angenommen wird, daß der Sprecher bei jedem Sprechakt immer auch Hörer ist. Daher wird jede geplante Äußerung vom Sprecher überwacht, fast so, als sei ein Hörer anwesend.

Mithilfe unseres Modells können wir verschiedene Phänomene herleiten:

Generell gilt, daß Sprachplanung in aufeinanderfolgenden Schritten vor sich geht. Betrachten wir als erstes die Produktionsseite. Zunächst wird die Bedeutung, welche der Botschaft angemessen ist, geplant. Elemente werden aus dem Bedeutungsnetzwerk abgerufen, mit ihrer Wortart, und in eine vorläufige Gliederung gebracht. Zu diesem Planungszeitpunkt kann es zu bedeutungsbedingten Irrtümern kommen. Nach diesem ersten Planungsdurchgang wird die Form der Äußerung festgelegt, zum Teil noch recht abstrakt. Aber

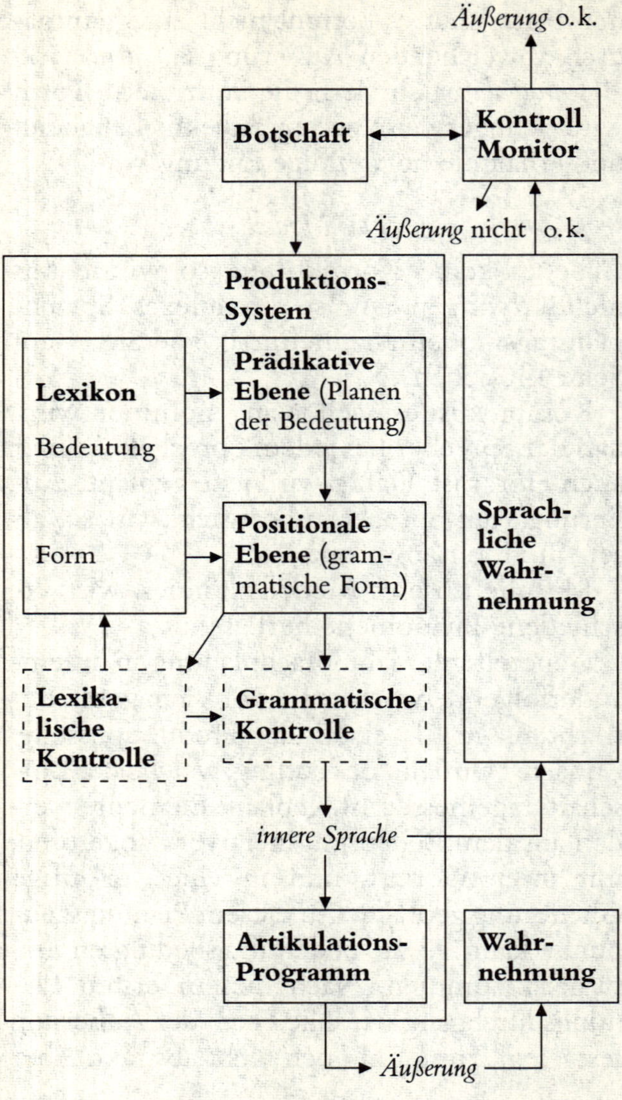
Äußerung o.k.
Botschaft
Kontroll Monitor
Äußerung nicht o.k.
Produktions-System
Lexikon
Bedeutung
Form
Prädikative Ebene (Planen der Bedeutung)
Positionale Ebene (grammatische Form)
Lexikalische Kontrolle
Grammatische Kontrolle
Sprachliche Wahrnehmung
innere Sprache
Artikulations-Programm
Wahrnehmung
Äußerung

die grammatische Gliederung ist schon klar erkennbar. Nun kann es zu formbedingten Versprechern kommen. Danach greift lexikalische Kontrolle, indem nach einen formähnlichen Wort im Lexikon gesucht wird. Schließlich wird die Äußerung grammatisch kontrolliert, und mögliche Fehler können noch ausgemerzt werden. Grammatische Kontrolle ist ein besonders klarer Beleg dafür, daß die Sprachproduktion Schritt für Schritt vonstatten geht, denn dieser Kontrollmechanismus kann ja erst nach einem Versprecher greifen. Alles, was bis hierher geplant ist, muß natürlich artikuliert werden. Das Programm für die Sprechwerkzeuge ist keineswegs trivial; im Gegenteil, es ist hochkompliziert. Wird dieses Programm fehlerhaft ausgeführt, kann es zu den bekannten Zungenbrechern kommen.

Wie wirken Produktions- und Wahrnehmungskomponente zusammen? Vier Ereignisse lassen sich unterscheiden, je nachdem, welche der beiden Komponenten fehlerfrei bzw. fehlerhaft arbeiten:

1. Eine Äußerung wird nach Form und Bedeutung korrekt geplant, kontrolliert und ausgeführt. Das Produktions- und das Wahrnehmungssystem haben perfekt funktioniert.

2. Eine Äußerung enthält einen Fehler, der nicht korrigiert wird. Sowohl das Produk-

tions- als auch das Wahrnehmungssystem haben fehlerhaft gearbeitet.

3. Eine Äußerung enthält einen Fehler, der korrigiert wird. Das Produktionssystem hat im ersten Durchgang fehlerhaft gearbeitet, sein Output aber ist optimal kontrolliert und erneut an das nun fehlerfrei arbeitende Produktionssystem übergeben worden. Es kommt zu einer vollständigen Korrektur.

4. Eine Äußerung enthält einen Fehler, der entdeckt, aber nur teilweise korrigiert wurde. Oder der Fehler wird zwar entdeckt, was man an den Annäherungen erkennt, aber dies führt zu keiner gelungenen Korrektur. In beiden Fällen arbeitet das Produktionssystem fehlerhaft. Bei teilweisen Korrekturen arbeitet das Wahrnehmungssystem nicht ganz fehlerfrei. Bei Annäherungen arbeitet das Wahrnehmungssystem fehlerfrei, aber das Produktionssystem macht erneut Fehler.

Eine Spezialität enthält das System noch, nämlich die innere Sprache:

»Man könnte auch von einem ›inneren Versprechen‹ beim ›inneren Sprechen‹ reden. Ich verspreche mich in Gedanken vor dem Einschlafen gar nicht selten. Bei einiger Aufmerksamkeit und Selbstschulung wird das jedermann leicht auch an sich wahrnehmen können.« (Meringer/Mayer, 1895, S. 99)

Ich selbst habe in meiner Sammlung keine Belege für korrigiertes inneres Sprechen, sogenannte verdeckte Korrekturen, und zitiere deshalb ein englisches Beispiel aus einer Studie von Levelt (1989):

Here is a – er a vertical line.

Der Verzögerungsausdruck *er* markiert eine Korrektur. Welches aber der Fehler war, ist äußerlich nicht feststellbar. Er ist sozusagen innerlich gesprochen und korrigiert worden. Das Geheimnis behält der Sprecher für sich.

Sicherlich ist es dem aufmerksamen Leser nicht entgangen, daß einige Probleme noch ungelöst sind.

Eine Äußerung muß nicht erst auf jeder Ebene vollständig bearbeitet werden, bevor sie weitergegeben wird (Kempen/Hoenkamp, 1987). Teile davon werden so schnell wie möglich durchgereicht, in einem Arbeitsgedächtnis zwischengespeichert, durchlaufen das Wahrnehmungssystem, werden kontrolliert und gegebenenfalls korrigiert. Die Stücke, die gleich weitergereicht werden, können winzig sein, nämlich nur Anfangslaute (wie in unserem Versprecher *l – drechts davon)*. Weil aber alles so geschwind abläuft und das Arbeitsgedächtnis nur wenige Einheiten für sehr kurze Zeit (bis höchstens 10 Sekunden) aufbewahren kann, werden tendenziell eher die Endstücke von Äußerungen korrigiert. Sie erinnern sich doch sicher an die *geselbe Geschwindligkleikeit.* Zusammenbrüche, wie sie sich bei Virusversprechern manchmal zeigen, lassen sich möglicherweise auf Beeinträchtigungen der Kapazität des gesamten Systems zurückführen. Beim Versprecher (l) wird der erste Fehler, nämlich die Postposition, schnell entdeckt und erfolgreich korrigiert. Aber dieser Prüfvorgang hat das Gesamtsystem labilisiert, so daß Wahrnehmungs- und Produktionskomponenten nur noch fehlerhaft arbeiten. Denn *Verlegung* wird noch nicht mal als Fehler entdeckt.

Lexikalische Kontrolle ist auf die Produktionsseite beschränkt. Da hier systemintern schon ein Abgleich stattgefunden hat, entfällt häufig eine weitere Überprüfung durch das Wahrnehmungssystem. Eine sensationelle Leistung unseres Sprachplanungssystems ist aber, daß explizite und implizite Kontrolle zusammen vorkommen können, wie unter anderem das Beispiel (t) belegt.

Gleichermaßen ist grammatische Kontrolle ein produktionsbezogener impliziter Korrekturmechanismus. Auch hier scheint häufig der grammatische Abgleich auszureichen, so daß der jetzt grammatisch korrekte Versprecher dem Wahrnehmungssystem entschlüpft.

Einen durch unser Modell nicht leicht erfaßbaren Fall stellen Versprecher dar, die bemerkt, aber nicht korrigiert werden. Denn da sie bemerkt werden, hätten sie am Kontrollmonitor gecheckt werden und nochmals zur Korrektur in das Produktionssystem eingegeben werden müssen. Ich möchte nochmals daran erinnern, daß die bisher diskutierten Korrekturen auf automatischen, nahezu unbewußten Prozessen beruhen. Es gibt niemanden, der bewußt entscheidet, daß ein Versprecher korrigiert, lexikalisch oder grammatisch kontrolliert wird. Meringer hatte dies mit seiner Beobachtung, daß Sprecher ihre Korrekturen gar nicht bewußt wahrnehmen, richtig erkannt. Daß ein bemerkter Versprecher nicht korrigiert wird, hängt im Gegensatz dazu offenbar von einer bewußten Entscheidung ab. Welche Überlegungen zu solch einer Entscheidung führen, ist eigentlich ziemlich unklar. Klar ist allerdings, daß mit dem Bewußtwerden das automatische Korrekturbedürfnis des Systems erlischt und andere Faktoren greifen. Man kann dies beispielsweise daran sehen, daß wie bei (q) und (r) einfach nicht korrigiert wurde, weil der Sprecher sich vor Lachen ausgeschüttet hat. Oder es kann auch vorkommen, daß der bemerkte Versprecher thematisiert werden soll. Unter Versprechersammlern ist dies oft der Fall: »Das war doch eine Vertauschung, ach nein, doch eher eine

Antizipation mit lexikalischer Kontrolle« könnte zum Beispiel gesagt werden.

Saskias Korrekturen

Ich hoffe, Sie sind jetzt nicht so erschöpft wie ein vom Virus befallenes Sprachplanungssystem und haben noch etwas Muße, um sich Saskias Korrekturen anzuschauen. Zur Entspannung, aber auch, um Ihnen zu zeigen, daß gerade das Kontroll-und Korrektursystem schon früh im menschlichen Leben perfekt funktioniert, hier eine kleine Auswahl aus Saskias Korrekturen. Die Sammlung von Saskias Versprechern und Korrekturen erstreckt sich auf die Zeit, in der Saskia dreieinhalb bis viereinhalb Jahre alt ist:

(a) die **Meise** – der Kolibri, ich hab' Meise desagt, aber Kolibri demeint. (Ersetzung durch ein bedeutungsähnliches Wort)

(b) des **binst** du, Tilman – des bist du, Tilman. ← des bin ich/ des bist du (Kontamination)

(c) Auf der **Blume**, äh, auf der Wiese sind Blumen. (Wortvertauschung)

(d) Papa hat wieder Teewurst **gekocht** – Teewurst hat er gekauft. (Postposition der Bedeutung)

(e) Guck mal, so 'ne kleine Lasalamastück. ← Salami/Salamistück (Virus)

(f) Du hast mir eben auf den **Fuß** getreten – auf die Hand getreten hast du mir. (Bedeutungsbedingte Wortersetzung und grammatische Kontrolle des Artikels)

(g) Aber mir schmeckt's dann im Mu**l**d – aber mir schmeckt's dann im Mund sarf. (Ersetzung eines Lauts)

(h) Und ich hab' 'ne **L**arbe – 'ne Narbe auf der Lippe, ätsch, Pustekuchen, und du nicht. (Antizipation eines Lauts)

(i) Mein **f** – mein Schuh hab' ich verloren (Antizipation eines Lauts)

(j) Jetzt kann ich sogar **Tupeln**, äh, Tulpen malen. Des mußt du jetzt aufschreiben, ich habe »**Tumpeln**« (!) gesagt. (Lautvertauschung. Das Zitieren des Versprechers enthält einen neuen Versprecher)

(k) Die kleinen heißen F**l**o, äh, Fohlen. (Harmonie)

(l) Ich mag des am b**a** – besten von der Welt. (Postposition eines Lauts)

(m) Warum is' des Messer so s**l**a, äh, sarf? (Hinzufügung eines Lauts)

(n) eine **Bebeere** – eine Babybeere (Tilgung einer Silbe)

(o) Saskia: aber nicht Song-ho
Mama: Meinst du, das ist auch ein Asiate, vielleicht ein Japaner oder Koreaner?

Saskia: **J**ong, äh, Song-ho kommt aus Korea. (Postposition über eine Satzgrenze hinaus, nämlich im Dialog)

Zuerst ist zu bemerken, daß die Vorsilbe *de* in *desagt* für Saskia zu diesem Zeitpunkt eine gültige Realisierung von *ge* ist, und kein Versprecher. Ebenso ist *sarf* Saskias Lautierung von *scharf*.

Saskia kann alle Versprechertypen in allen Varianten korrigieren, wie Erwachsene selten mit Abbrüchen nach dem ersten Laut wie in (i), nach einer Silbe wie in (k, l, m) oder nach dem kompletten Wort wie in (j, h, o). Grammatische Kontrolle ist in Saskias Produktionssystem so ausgebildet wie bei erwachsenen Sprechern – das zeigen die Versprecher (a) und (f), wo der Artikel jeweils an das fehlerhafte Substantiv angepaßt wird. Ursprünglich wollte ich gerne, daß Sie (e) analysieren, einen besonders komplexen Versprecher. Ich bin sicher, daß Sie ungefähr auf diese Beschreibung gekommen wären:

Antizipation: **l**asalamastück;

Postposition: lasalam**a**stück;

Kontamination: so 'ne kleine Salami/so'n kleines Salamistück.

So wie Saskia sehr wenige Kontaminationen produziert, so fehlt auch ein Kontrollmechanismus, lexikalische Kontrolle. Dieser Kontrollvorgang ist ja auch – wie wir gesehen haben – recht aufwendig und benötigt ein entfaltetes Lexikon. Saskias Lexikon scheint zu diesem Zeitpunkt noch nicht so eine reiche Netzstruktur zu haben, daß ihr Produktionssystem solche Kontrollen schnell und automatisch durchführen kann.

Eine Besonderheit weisen Saskias Korrekturen in bezug auf das wiederholte Material auf. Während korrigierende Wiederholungen von Erwachsenen die grammatische Struktur der ursprünglich versprecherbehafteten Äußerung im wesentlichen beibehalten, verwendet Saskia ein Verfahren, das dem der betonenden Hervorhebung gleicht. Häufig wiederholt sie den kompletten Satz. Dann verändert sie in ihrer Wiederholung die Reihenfolge der Wörter oft so, daß das korrigierte Wort an den Anfang des Satzes gerückt wird. Die Korrekturen in (d) und (f) zeigen dies besonders eindringlich. Das in die Satzanfangsposition gestellte Wort erhält natürlich eine besondere Betonung, so daß dies ebenfalls als ein Verzögerungsausdruck gewertet werden kann. Allerdings spielt hier das gesamte grammatische Wissen von Saskia hinein – ein beeindruckender Beleg dafür, wie differenziert und mächtig das Sprachsystem in einem so frühen Lebensstadium schon ist.

Eine weitere Besonderheit möchte ich noch erwähnen: Saskia hat nämlich noch ein umfassenderes Versprecherkonzept als Erwachsene. Sie meint auch, daß sie sich versprochen habe, wenn sie sich in der Botschaft geirrt hat:

Saskia sagt, sie möchte im Zoo ins Dik-Dik-Haus. »Nein, ich hab' mich versprochen, ich wollte nicht ins Dik-Dik-Haus, sondern ins Straußen-Haus.«

Sie können erleichtert sein: Ich hab' mich nicht in meiner Absicht geirrt. Das folgende ist keine Botschaftskorrektur, sondern eine Versprecherkorrektur.

Das heißt, das da noch ein Zusammensatz, ein abschließender Satz hin muß:
Verteilung

Im großen und ganzen kann man sagen, daß in allen Sammlungen mindestens 50% der Versprecher korrigiert werden. Saskia ist uns Erwachsenen überlegen. Sie korrigiert manche Versprecher zu 100%, im Durchschnitt liegt ihre Korrekturrate bei 82%. Dies spricht klar dafür, daß sie bereits ein entfaltetes Sprachplanungssystem hat.

Die Korrekturrate ist für die einzelnen Versprechertypen unterschiedlich. Am geringsten ist die Korrekturrate bei Kontaminationen, am größten für Antizipationen. Das gilt für Erwachsene und Kinder.

Die hier präsentierten Daten zeigen aber auch, daß nicht etwa nur jene Versprecher korrigiert werden, die besonders auffällig, weil komisch, sind. Welche Versprecher das Kontrollsystem erfaßt, ist nahezu zufällig oder vielleicht mit unserem heutigen Wissen noch nicht erklärbar, jedenfalls keine *Lappalität.* Vieles, was in unseren Köpfen ganz automatisch abläuft, ist immer noch ein Geheimnis. Manchmal denke ich, daß das auch gut so ist. Könnten wir alles erklären, gäbe es für uns keine Überraschungen mehr, und wir könnten über den nächsten Versprecher nicht mehr *lautschallend, schautlallend* lachen.

Was uns der Sprecher sagen wollte
und wie er seine Korrekturen
geschafft hat, erfährt man hier.
Da schien uns das Motto
»Nicht für das Leben, sondern
für die Schule lernen wir«
etwas antiquiert.

Na, alles im Kliff?

Na, alles im Griff/alles klar?

* Versprechertyp: Kontamination
Korrektur: explizit und vollständig
Verzögerungsausdruck: nein
Abbruch: nach dem Wort
Wiederholung: ganzer Prädikatsausdruck
(**so** schön)

Wo er sich genötigt sah/bemüßigt fühlte.

Streßfrei/weniger Streß

Ich hab mich mit Händen und Füßen gewehrt. *(bemerkt)*

Deshalb scheint das für sie der einzige Ausweg zu sein, mit diesem Problem fertig zu werden/dieses Problem zu lösen.

Die Luft ist raus/Da ist kein Saft mehr drin. *(bemerkt)*

Ihr macht euch wohl über mich lustig?

Das ist für dich/Das ist dir.

Du ausgekochtes Schlitzohr *(bemerkt)*

Jetzt wollt ich dich übers Ohr hauen/
über den Tisch ziehen. *(bemerkt)*

Himmel, Arsch und Wolkenbruch/Zwirn

Es ist ja net so, daß jeder am Schürzenbändel
des anderen hängt. *(bemerkt)*

* Versprechertyp: Kontamination
Korrektur: implizit und vollständig:
grammatische Kontrolle
[*als graue Maus/er war Mauerblümchen*:
Adjektiv wird angepaßt
*(grau***es***)*]

Als graue Maus/Mauerblümchen …

Das hat sich gelohnt, das Warten. *(bemerkt)*

Da stand ich gestiefelt und gespornt. *(bemerkt)*

Dann läuten/rufen die Leute an. *(bemerkt)*

Ich trockne dir den Schweiß./
Die Schweißperlen tropfen.

Du hast dich wieder mal selbst übertroffen.

Ich herze und kose dich.

Ich folge dem Ruf des Herzens.

Was sich neckt, das liebt sich.

Da muß ich mit meiner Frau
noch mal drüber reden./Da muß ich
noch mal drüber schlafen.

Man ist so alt, wie man sich fühlt.
(bemerkt)

Dann werden wir ja sehen, ob dein Urteil
genauso ausfällt wie meines. *(bemerkt)*

Denn das ist uns abhanden gekommen/
verlorengegangen.

Ein freier Platz im Auto ist/niemand sonst
mitfährt.

Auf Wiedersehen/Auf Wiederschauen
(bemerkt)

Auf Wiederhören

Veronika und Carola *(bemerkt)*

Was für ein Sternzeichen sind
Sie denn eigentlich?
(Beim Öffnen eines Würfelzuckers,
auf dem ein Sternzeichen war.)

Erst eine heiße Wanne/ein heißes Bad
und dann ab ins Bett *(bemerkt)*

Keinen trockenen Faden mehr am Leib
(bemerkt)

Wiesenbummler

Ich hätte gerne die Nummer
aus Amsterdam.

Du sollst Deine Eltern ätzen und scheren.

Du sollst Deine Eltern schätzen und ehren.

Es kommt darauf an, daß man sich auf Anhieb versteht.

Sie haben eine Idylle gezeigt/gezeichnet.

Die hat ihr dann immer die Ohren vollgeheult.

* Versprechertyp: Harmonie (*s* von *so*, Ro*s*anette, *sein*)
Korrektur: explizit und vollständig
Verzögerungsausdruck: ja
Abbruch: verschoben (ein Wort später)
Wiederholung: Prädikatsausdruck wird teilweise wiederholt
(dauerhaft sein)

Empfängnisverhütung

Es ist eben wichtig, die Kinder nicht zu behindern.

Wenn Kinder ein bestimmtes Alter haben.

Sie sollten ihren Kindern den Rücken
stärken/eine Stütze geben.

Wollen wir doch bitte nicht das Kind
mit dem Bade ausschütten! *(geschrieben)*

Da war alles da, was Rang und Namen hatte.

Irgendwie schaukeln wir das Kind schon/
kriegen wir das auf die Rolle.

Pumpernickel *(bemerkt)*

»Daß ich eher den Vater in ihm sehe«,
sagt Claudia.

Sind Sie der Lehrer eines meiner Kinder?

Ich hab gestern meine
Wäsche gesucht,
dann hab ich den Schrank ausgeräumt.

Waschmittel/Waschpulver
(bemerkt)

Wenn ich dich einkaufen schick'

Einige kleine Unsauberkeiten

Weil ich hab' so schöne Stoffservietten.

Ich hab' nicht mal 'ne Serviette dabei,
hab' ich vergessen.

Tempopäckchen

Kohle- und Ölöfen

Ich glaube nicht, daß man die Zimmer
so vermieten kann. (nämlich möbliert)
(bemerkt)

Die Teppiche werden in Sekundenschnelle
aufgerollt.

Einliegerwohnung
(Anzeige aus Süddeutschland)

Die Scheibe ist angelaufen/beschlagen.
(bemerkt)

Ich möchte meine Fenster vergittern.

Unser Keller steht unter Wasser.

Woll'n wer mal Nägel mit Knöpfen machen?

Woll'n wer mal Nägel mit Köpfen machen?

Ich werde etwas zusammenbasteln. *(bemerkt)*

Karrieregeil

Das ist auch ziemlich unwichtig/egal.
(bemerkt)

Weitergeleitet *(bemerkt)*

Du hast ein kapriziöses Lineal. *(bemerkt)*

Nagel mich nicht fest.

Im Studium brauchste Belege/
Bescheinigungen.

Ich nehme an, da ist ein Haken dran/
da versteckt sich was dahinter. *(bemerkt)*

Kurzschluß *(bemerkt)*

Es kommt darauf an, wieviel Streichhölzer
man/sie nimmt.

Glasfasertapeten

Die Webkante kannste lassen. *(bemerkt)*

Die untere ist das Futter. *(bemerkt)*

Ansonsten kann man es in den Ordner legen
mit einem gelben Bäpper/Zettel drauf.

Den muß man mit rohen Handschuhen anfassen.

Den muß man mit Samthandschuhen anfassen/wie ein rohes Ei behandeln.

Hertie Plastiktüten/taschen

Ah super/ah gut *(bemerkt)*

Dann muß die Mode lustig werden.

Da präsentieren Anbieter Männermode. *(bemerkt)*

Ich hab sie nicht im Computer/System.

Meine grün-schwarz gestreifte Hose

Das gibt die gelbe Karte.

Ich bin aus allen Wolken gefallen./Ich war von den Socken. *(bemerkt)*

Waschlappen

Ich hab ihr ordentlich den Bauch gepinselt/ den Bart eingeschmiert.

Ich muß mir noch die Haare waschen.

Grübchen am Kinn

Speckfalte

Schweizer Schnürsenkel

Die sollen nicht so drängeln, die können doch im Essen stehen.

Die sollen nicht so drängeln, die können doch im Stehen essen.

Da hat man einfach keinen Appetit bei dem Wetter.

Der andere Nachtisch ist nicht eßbar.

Die Soldaten nagen am Hungertuch/gehen am Bettelstab.

Das hat die so toll gekocht/das hat so toll geschmeckt.

Sprecher will den Merkspruch: »Mit vollem Munde spricht man nicht« zitieren.

Nett/lecker *(bemerkt)*

Aus den Augen, aus dem Sinn

Leider hab ich Hunger.

Ein Schinken-Baguette, bitte.

Friede, Freude, Eierkuchen

Das müssen wir noch in der Pfanne brutzeln. *(bemerkt)*

Ich schlag mir ein paar Eier in die Pfanne.

Ich hab meine Brille nicht, ich kann die Speisekarte nicht lesen.

Das Komplott wurde lanciert.

Putenschnitzel

Das herzhaft fleißige Stück

Käselaugenstange

Streichzarter Käse

Ich möchte Handkäse mit Musik. *(bemerkt)*

Ich eß nie Sojaprodukte. *(bemerkt)*

Haben Sie Recycling-Karteikarten?

Ich bin froh, daß ich keinen Spagat kann. *(bemerkt)*

Avocado

Und weil der zutiefst gekränkt ist.

Schlummertrunk *(bemerkt)*

The first cut is the deepest. *(Schnulze von Rod Stewart) (bemerkt)*

Sie können mir ruhig in die Tasche fassen.

ICE-Trasse

Kannst Du mir Kaffee einschenken/ eingießen?

* VERSPRECHERTYP: Postposition (Bedeutung – *Cognacs gepetzt* – »trinken«
KORREKTUR: exlpizit und vollständig
VERZÖGERUNGSAUSDRUCK: ja
ABBRUCH: nach Wort
WIEDERHOLUNG: Wort

Ich kenne eine Frau, die immer Süßstoff in den Rotwein tut.

Je mehr man alkoholisiert fährt.
(Frankfurts Oberbürgermeisterin)

Becks Bier löscht Männerdurst.

Laßt uns auf das Wohl des Säuglings/
Täuflings trinken.

Ich muß noch meinen Paß verlängern.

Das ist ziemlich hart.

Kann ich ein Päckchen Camel haben?

Ich hätte gerne einmal Marlboro Light.
(an einer Tankstelle)

Das sollten wir eräutern.

Das sollten wir erörtern/erläutern. *(bemerkt)*

Naturschutz

Begleitende Papiere *(bemerkt)*

Berner Sennhund

Wer zu spät kommt, den straft das Leben/
Den letzten beißen die Hunde.

BSE-Gefahr

Sünde mit Reue

Lauf-/Stammkunden

Man gewöhnt sich daran./Man kriegt
ein dickes Fell. *(bemerkt)*

Das ist eine Milchmädchenrechnung.

Bewegungsausmaß *(bemerkt)*

Ich les nicht gern so Aufgewärmtes/
Wiedergekäutes. *(bemerkt)*

Der Bock ist rum.

Schreibt die Reifen-Firma Hannover
schwarze Zahlen?

Drei Schweinsohren

Das rechte Bein ist schwer.

Das Auto hat zwei Scheinwerfer. *(bemerkt)*

Da hatt ich aber Schwein./
Glück im Unglück.

Rehgeweih

Wir haben einen Pepsi-Test gemacht,
der durch die Gazetten ging.

* VERSPRECHERTYP: Vertauschung (Wort)
KORREKTUR: explizit und vollständig, mit
Annäherung
VERZÖGERUNGSAUSDRUCK: ja, zweimal
ABBRUCH: nach Wort
WIEDERHOLUNG: Wort

* Versprechertyp: Infektion
(bedeutungsbedingte Ersetzung von *schadlos*
und *gehalten*)
Korrektur: explizit und unvollständig (Ziel:
Sie haben sich an der Ente schadlos gehalten.)
Annäherung über *gemacht*. Nur der am
Satzende stehende Ausdruck wird korrigiert.
Verzögerungsausdruck: nein
Abbruch: nach zweitem fehlerhaften Wort
iederholung: Wort

Das hat auch eine beruhigende Wirkung
auf die Vögel. *(bemerkt)*

Eine Schwalbe macht noch keinen Sommer.

Als kopfloses Huhn

Das haben wir ja schon auf der
Wasseroberfläche gesehen.

Urheberrechte

Weil ich einen Fliesenleger kenne. *(bemerkt)*

Der keiner Fliege was zuleide tut./Der kein
Wässerchen trübt.

Meine Brillengläser sind beschlagen. *(bemerkt)*

Damit kann man niemanden mehr hinterm Ofen vorlocken./Damit kann man keinen Blumentopf mehr gewinnen.

Heidekraut/Erika *(bemerkt)*

Kannst du mir eine Kanne Tee holen?

Ein Täßchen/Kännchen Kaffee

Zypressen

Flüchtlingsstrom

Gezüchtete Kiwis

Grünkohl *(bemerkt)*

Ich hab ihn über den grünen Klee gelobt. *(bemerkt)*

Das scheint sich ganz gut anzulassen.

Dazu war die Zeit zu klein, äh, zu kurz.

In der antiken Rhetorik

Sein Schwerpunkt/Hauptgewicht liegt in der lateinischen Rhetorik.

Tiefstes Mittelalter

Ein interessantes Kapitel der französischen Geschichte

Die letzte Woche habe ich auch sausen lassen.

Dämmerung/Dunkelheit

Gestern ständig

Das vergeß ich von heute auf morgen/ von jetzt bis gleich. *(bemerkt)*

Häufig/oft

Sofort/bald

Morgen haben wir noch einen anstrengenden Tag vor uns.

Ich komm dann Dienstag mittag.

Ich soll am Montag zu ihm kommen.

Hervorragend

Daß Kinder komplexe Verben später
erwerben als einfache

Universität des 3. Lebensalters

Ich wart erst mal ab und guck.

Hat die Frau S. heute Sprechstunde?

Wir sind eines Tages/früh dahin geradelt.
(bemerkt)

Wir machen unsere Sommeruni in Potsdam
vom 9.–12. September

Jeweils an die entstellende, entsprechende Stelle

Bewegungsrichtung

Nico Geck hat sich umgehört.

Mit allen Mitteln stoppen *(bemerkt)*

Nur 30 Millimeter groß *(bemerkt)*

Kann man hier Scheine abstempeln lassen?

Ein riesiger Materialverbrauch/eine riesige
Materialverschwendung ist das auch.

Besetzung/Ausstattung mit Stellen *(bemerkt)*

Die liegt da unten ganz brav/lieb. *(bemerkt)*

Bewertungsbögen *(bemerkt)*

Er ist wie vom Erdboden verschluckt.

Wir leuchteten die Höhle mit
Zeissscheinwerfern aus. *(bemerkt)*

Echt, geil, stark

* Versprechertyp: Antizipation (Laut)
Korrektur: explizit und vollständig
Verzögerungsausdruck: ja
Abbruch: verschoben auf Mitte des nächsten Wortes – ein seltener Fall
Wiederholung: gesamter Präpositionalausdruck (ab *durch*)

Auf der Balustrade spazieren

Wo die über das Geländer guckt.

Das kann man an fünf Fingern abzählen.

Das kommt irgendwie drauf an.

Das muß man sich mal vorstellen.

Die Lager an den Grenzen sind überfüllt.

In einer immer unübersichtlicher gewordenen Welt

Dabei handelt es sich um eine Angolanerin und zwei Libanesen.

Ruanda *(bemerkt)*

Mecklenburg-Vorpommern

Universität Uppsala

Präsenzpflicht *(bemerkt)*

Die Gruppe macht einen geschlossenen Sprung über die Straße.

Gott schuf Paris.

Brunsbüttel

Gegen ganz andere Strömungen wirken.

Der tauchte neulich auf.

Er braucht jemanden, in dessen Windschatten er segeln kann.

Man soll nicht in fremden Gewässern fischen.

Findest du Bäng schlechter als Knall?

Ist der etwa schon wieder abgestürzt/ abgebrochen? *(bemerkt)*

Cyber-Flipper *(bemerkt)*

Er läßt sich tätowieren. *(bemerkt)*

Weil ich deine Telefonnummer nicht habe.

Von wo/woher rufen Sie denn an?

Ich habe mich verwählt.

Grund meines Anrufs ist

Der Zug war voll./Der Zug war
hoffnungslos überfüllt.

Guck mal, der Mann hat
ein Fernrohr/einen Feldstecher.

Können wir sichergehen, daß dieses Geld nicht versickt?

Können wir sichergehen, daß dieses Geld
nicht versickert/versumpft?

Bonnfinanz *(bemerkt)*

Bausparkasse *(bemerkt)*

Auf einmal zündete der Funke/
fiel der Groschen.

Acht Milliarden Dosen

Acht Milliarden Dosen

Du hast doch den dicken Reibach gemacht.

* Versprechertyp: Infektion
(Bedeutungsbedingte Wortersetzung von
Netto, Antizipation des *b* aus *angegeben*)
Korrektur: zwei explizite und vollständige
Verzögerungsausdruck: ja (zwei)
Abbruch: 1. im Wort; 2. nach Wort
Wiederholung: 1. vollständiger
Nominalausdruck *(die Nettobreise)*;
2. Wortbestandteil

Unverbindliche Preisempfehlung

Kosten-Nutzen-Analyse

Berufsgenossenschaft für Fahrzeughalter
(gedruckt)

Gemischtwarenladen

Porto und Verpackung *(bemerkt)*

Wartest du schon lange?

Wenn die Frau arbeitet/berufstätig ist.

Herr Schmidt ist bei den Sieben Zwergen angestellt. *(Verhörer, der aufgeschrieben wurde.)*

Personalentwicklung/Personalführung

Teilzeitarbeit

Da rollt die Kohle.

Zuverlässiger Rentner für Gartenarbeiten gesucht *(aus einer Anzeige)*

Bauerntölpel

Die Tarifparteien haben sich auf 1,85 %
geeinigt.

Das wird gigantisch, wenn du
Lohnsteuerzahler bist.

Tadic beteuert seine Unschuld.

Die Kürzung der Lohnfortzahlung
im Krankheitsfall

Solidaritätsbeitrag/-zuschlag

Das tapfere Schneiderlein, das sieben Fliegen
auf einen Streich tötete

Wir sind dann an die Brennpunkte
des Streikgeschehens gegangen.

Alles unter Kontrollo, äh, Kontrolle

Atomwaffen-Sperrvertrag

Die Kritiker des Schnellen Brüters

Fischgeschäft

Großluftangriff

Bosnische Serben

Frau Meier wurde als Bürgin bestellt.
(Verhörer)

Jean-Albert Aristide *(Verleser von Ulrich Wickert in den Tagesthemen)*

Der Bundestag hat einen
großen Mitarbeiterstab.

Die Frage ist, ob Sie aus Ihrer Sicht/
von Ihrer Seite einen Vorschlag
machen können.

Stimmensplitting

Wer jedoch überstimmt worden ist

Jetzt bitte ich die Herren
vom Zählausschuß, ihres Amtes zu walten.

Nach Auszählung der Stimmen

Die politische Willensbildung

Das hat keine Auswirkung/keinen Einfluß
auf die Wahlentscheidung.

Gib mir die Pfote, Genosse!

Der amerikanische Verteidigungsminister
Caspar Weinberger

Arafat und Reuter *(bemerkt)*

Irgendwann ist die Gefängnisstraße, äh, strafe abgelaufen.

Ich will jetzt nicht den Eindruck vermitteln/erwecken.

Wenn aus Gesetzeshütern Gesetzesbrecher werden.

Die hätt sich im Hintergrund halten müssen.
(bemerkt)

Die anderen Zutaten gab es fertig zu kaufen.

In Anführungsstrichen/zeichen

Ich laß' mir noch eine Strafe einfallen/
ich denke mir noch eine Strafe aus.

Wie zart sie besaitet sind.

Der Täter war geistig unterlegen.

Die Würzburger Grünen fordern die Sperrung der Würzburger Innenstadt.

Ich frage mich, was die ältere Dame
damit alles anfängt. *(Mit »damit« ist
ein Rasierapparat gemeint.)*

Und jetzt werden wir versuchen, was Ihre
Mannschaft nicht geschafft hat, ein paar Tore
zu erzielen/schießen.

Damit dich die Kakerlaken anbeißen

Er ist später dann Partisane. *(bemerkt)*

Und hier der typische türkische
Krummsäbel

Sie nahmen 30 Hamas-Anhänger fest.

Falls Bornheim angegriffen wird von
irgendwelchen Fanatikern/Terroristen

Mit Punks und Skinheads

Das hätte ich damals als standrechtliche
Erschießung empfunden/als Todesurteil
empfunden. *(bemerkt)*

Selbstmordwelle *(bemerkt)*

Haftstrafen bis zu 5 Jahren

* VERSPRECHERTYP: formale Wortersetzung
KORREKTUR: explizit und vollständig
VERZÖGERUNGSAUSDRUCK: ja
ABBRUCH: nach Wort
WIEDERHOLUNG: kompletter Satz *(er ist Polizist)*

Bist du noch von allen guten Geistern zu retten?

Bist du noch zu retten/von allen guten Geistern verlassen?

Sie wollten ihnen die Schuld geben/es ihnen in die Schuhe schieben. *(bemerkt)*

Wenn man die Menschen einschränkt/zähmt.

Verlust wichtiger Bezugspersonen

* Versprechertyp: Virus (Antizipation von *sch* aus *Schein*; Kontamination aus *hervorgehobene Prüfung/hervorgehobener Schein*)
Korrektur: explizit und unvollständig (Ziel: *hervorgehobener Schein*); Virus verhindert grammatische Kontrolle
Verzögerungsausdruck: nein
Abbruch: nach Wort
Wiederholung: Wort
Ich gratuliere Ihnen zur richtigen Lösung: Das war ein komplizierter Fall!

Sie verschwinden hier gefälligst.

Untrügliche Zeichen/trügerische Zeichen
(bemerkt)

Meine trüben Gedanken

Das Übel an der Wurzel fassen *(bemerkt)*

Ich hab gar keine Zeit, ich muß
zur Sonographie.

Das bisher geltende Verwendungsverbot
für Asbest soll geändert werden.

Weil er ein aufrechter Mensch ist/
eine ehrliche Haut ist.

Er leistete einen Treueschwur.

Bestimmt schlimm

* Eine seltene Kombination von kommunikativer Korrektur und darauffolgendem Versprecher. *Beachtlich* wäre sprachlich korrekt gewesen, sollte aber aus kommunikativen Gründen zu *beträchtlich* korrigiert werden.

VERSPRECHERTYP: Kontamination (*beachtlich* und *beträchtlich*)

Auf Gedeih und Verderb

Ich komm' doch gleich, um Gottes willen/
in Gottes Namen.

Wenn er diese Kutte nicht anhätte. *(bemerkt)*

Ob in bayrischen Klassenzimmern Kruzifixe
aufgehängt werden

Prinzipien- und Parametertheorie

Nimm deine Füße aus dem Steigbügel.
(bemerkt)

Die Menge der himmlischen Heerscharen

Kranzniederlegung durch die
russischen Soldaten

Heute wird über zwei Dinge abgestimmt/
entschieden.

Die Transsexualität war vor der Pubertät/
Kindheit da.

Und reichlich Abreibung

Schindluder treiben *(bemerkt)*

Eine radikale Gesundstrumpfung, haha, Gesundschrumpfung

Das plagt mich öfter. *(bemerkt)*

Weil die Haut keine Luft bekommt. *(bemerkt)*

Häufig sucht der Patient nach einer
Kausalität/Häufig hat der Patient
das Bedürfnis *(nach Erklärung)*.

Stark blutende Wunde *(bemerkt)*

Das sind Übungen, bei denen man den
Patienten im Mund rumfummeln muß.

Die Krankenkasse bezahlt nicht alles,
z.B. Abtönen/Entspiegeln nicht.

* Versprechertyp: Antizipation
(Wortbestandteil)
Korrektur: explizit und vollständig
Verzögerungsausdruck: ja
Abbruch: nach Wort
Wiederholung: Wort

Sozialärztlicher Dienst

Das ist das einzige Mal, daß ich aufgetreten
bin fürs Deutsche Rote Kreuz.

Der Eid des Hippocrates

Damals bei der ahnungslosen Ärztin

Zahlreiche Gesinnungsgenossen

Sie stand sehr unter Schock.

Diese gespaltenen Persönlichkeiten

Der hat ihm den Schädel zertrümmert. *(bemerkt)*

So'n Schalter/Hebel hab ich nicht.

Ich freue mich, daß dein Kopfweh weg ist.

Vorgang im Gehirn *(bemerkt)*

Dir gute Besserung mit deinem Schädel/
Hirn. *(bemerkt)*

Das ist doch nie im Leben rezeptpflichtig.
(bemerkt)

Die andere Aphasie ist langwierig. *(bemerkt)*

Wernicke-Aphasiker

Bei einer semantischen Paraphasie
sagt der Patient »Tisch« statt »Stuhl«.
(Bericht des Therapeuten!)

»R« plus Lippenrundung

Schulter- und Nacken-Krankengymnastik

Sonnenbrand und Gipsbein

Kreislaufstörungen

Herzkreislaufleiden

Mir sträuben sich die Haare/Mir bricht
das Herz.

Kreislaufprobleme

Das kann man ja den Mormonen nicht
übelnehmen. *(bemerkt)*

Die Wahl zwischen Pest und Cholera

Trimmer und Kappen

Aufputschmittel

Nuklinal-Salbe

Sie gab wegen einer Leistungszerrung auf.

Sie gab wegen einer Leistenzerrung auf.

Mit dem Eintritt der Sowjetunion in die
olympische Arena

Die Weitsprung-Olympiasiegerin
Heike Drechsler

Ein interessantes Spiel

Der rote Ball darf sich nicht bewegen.

Ich habe einen Blick geworfen.

Das Tennisspielen war maßlos schmerzhaft.

Noch mal durchgezogen

6:3, 1:0 für den Favoriten, für den
Weltranglistenvierten Jewgenij Kafelnikov

Mit dem hat er eine Dauerfehde
auf dem Center Court.

Der Mann mit der Mütze aus Südafrika,
V.N. Godwin

Gilbert reißt das Ruder noch einmal herum/
wendet das Blatt noch einmal.

Hier sehen Sie noch einmal in einer Studie
den Tennisspieler Carretero.

* *Hier benötigen wir zwei Durchgänge*
1. DURCHGANG
VERSPRECHERTYP: Antizipation von *b* aus *Ball*
(ergibt innerlich *Bersuch*)
KORREKTUR: Lexikalische Kontrolle
(Abgleich mit dem Lexikon, ergibt *Besuch*);
implizit und vollständig
2. DURCHGANG
VERSPRECHERTYP: Lexikalische Kontrolle
KORREKTUR: explizit und vollständig
VERZÖGERUNGSAUSDRUCK: nein
ABBRUCH: nach Wort
WIEDERHOLUNG: Wort

Hanna Mandlikowa

Für alle später nachhause Gekommenen
wollen wir noch einmal die Schlußphase der
Partie Martina Navratilova gegen Sabatini
zeigen. *(bemerkt)*

Arantxa Sanchez-Vicario

In der zweiten (Abfahrt) lief's leider
schlechter als in der ersten./
Die erste lief besser.

Nachdem sie so viel vorgelegt hatte in der
Abfahrt

Ein gewisser Spielraum/Rahmen
Berti Vogts, Sie machen doch noch
einen angespannten Eindruck.

Gegen Wales haben sich schon einige
Mannschaften sehr schwer getan./
Die Spiele gegen Wales waren hart.

Weil die ham jetzt die 1. Runde erreicht.

Die Einwechslungen haben sich ausgewirkt.
(bemerkt)

Tabellenführer/Spitzenreiter

Zu einem unerwarteten Einsatz kommt
Hans Flügler in der Bayern-Liga. *(bemerkt)*

Franz Beckenbauer

Reißen und Stoßen

Verkehrsmeldungen über Polizeistörungen liegen uns nicht vor.

Polizeimeldungen über Verkehrsstörungen
liegen uns nicht vor.

* Versprechertyp: Antizipation
(Wortstamm von *strömen*)
Korrektur: 1. grammatische Kontrolle
(Adjektivbildung: *strömendem*) implizit und
vollständig; 2. explizit und vollständig
Verzögerungsausdruck: ja
Abbruch: verschoben (ein Wort später)
Wiederholung: der komplette
Präpositionalausdruck *(bei traumhaftem Wetter)*

Über Teilen von Deutschland
ist es wolkenlos. *(Verleser)*

Tiefdruckgebiet

Der Wasserstand am St. Pauli Pegel

So sah es heut überall in Hessen aus.

Wegen des milden Wetters

Weiterhin mild und windig

Und es regnet doch in Strömen/schüttet aus Eimern. *(bemerkt)*

Es fällt vereinzelt Regen./Es gibt vereinzelt Schauer.

Zurück nach Hamburg zur Tagesschau

Ein Stau auf dem rechten Fahrstreifen nach einem Unfall zwischen Hattersheim und Kriftel

Beschleunigung/Geschwindigkeit

Die Autotür war nicht verriegelt.

Manchmal kriegt man einen Ton in den falschen Hals.

Manchmal kriegt man etwas in den falschen Hals/einen falschen Ton anschlagen.

* VERSPRECHERTYP: Strandgut
(Endungen bleiben zurück)
KORREKTUR: explizit und vollständig
VERZÖGERUNGSAUSDRUCK: stille Pause
ABBRUCH: nach dem zweiten fehlerhaften Wort
WIEDERHOLUNG: vollständiger Satz

Buchmessen-Beilage

Die limitierte Edition zum Jubiläum *(bemerkt)*

Die Erzählung, die zu ihren besten, aber wenig/am wenigsten bekannten gehört.

Nibelungenlied

Jugendstilblume

Hermann der Cherusker

Olaf Magnus

Beethoven und Goethe

Die Briefe Büchners

Käthchen von Heilbronn/Der Prinz
von Homburg *(bemerkt)*

»Der dritte Mann« (von Graham Greene)

Daß er nicht gesagt hat »und Wickert schuf
Frankreich« *(bemerkt)*

Dieser poetische Trick

Heimorgel/Hammondorgel

Philharmonie

Jacques Offenbach

Das ist typisch Bildzeitung. *(bemerkt)*

Die Leute finden das schon spinnend, äh, spannend.

Jack Nicholson

Michael Douglas

Das Medium Radio

Liebe Zuschauer und Zuschauerinnen

Er wird versuchen, sich innerhalb
einer Stunde eine Zahl von 600 Ziffern
zu merken/innerhalb einer Stunde eine Zahl
von 600 Ziffern zu nennen.

Ich hab immer alles aufgelöst/geraten.
(bemerkt)

Mit Prunk und Glorie

An der Nase herumführen/auf der Nase
tanzen

Oje, hoffentlich fängt diese Kassette nicht
zu eiern an. *(bemerkt)*

Das ist total heftig./Das ist total fetzig.
(bemerkt)

Ein richtiger Kassenknüller/ein Knaller

Mick Jagger

Kuschelrock

Eine Band, die sicher hält, was sie verspricht.

Es spielen die Wiener Symphoniker.

Wir spielen jetzt Grand?/Wir spielen jetzt Ramsch? *(bemerkt)*

17 und 4

* Versprechertyp: Ersetzung (planextern);
Virus: Kontamination aus *Herz As und Herz 9*
Korrektur: explizit und unvollständig
(Ziel: *Ich hab das Herz-As weggeworfen.*)
Verzögerungsausdruck: ja
Abbruch: verschoben (ein Wort später)
Wiederholung: Wort

Ich hatte keinen Punkt/keine Augen auf der Hand.

Misch dich nicht ein/Halt dich da raus!

Idealersprache, äh, idealerweise ist eine Sprache harmonisch.

Das wird ’ne Frage nach sich ziehen/ aufwerfen.

Das wirft einige Fragen auf/Das ist mit Fragezeichen versehen.

Und alle sagen immer. *(bemerkt)*

Da hat er mir beigepflichtet/zugestimmt. *(bemerkt)*

Daß dieses Gespräch erfolgreich war.

Männliche Sprechstimme

Versprecher, Vertauschungen

Ich?

Ein der Lautsprache vergleichbares Phänomen *(bemerkt)*

Es gibt eine neue linguistische Wende.

Aber die Sprache spielt mit uns/schlägt uns
ein Schnippchen.

Sie sind völlig stumm,
können nicht sprechen.

Als Schwerhöriger/als Gehörloser

Die hochgradig Schwerhörigen

Die ich ja nur vom Hörensagen kannte.

Wie du gehört hast.

Da gibt's doch noch so ein geflügeltes Wort.

Sitzplatz

Informationsblatt *(Verschreiber)*

Das Unwort des Jahres

Kontaminationen und die Struktur
des Sprachprozessors.

* *Das Silbenschema muß halt stimmen.*
VERSPRECHERTYP: Postposition von *b* (ergibt *spimmen*; das *p* wird wegen der Lautregeln des Deutschen automatisch produziert)

Korrektur: Lexikalische Kontrolle (ergibt *spinnen*); implizit und vollständig Helen zitiert diesen Versprecher so: *Das Silberschema muß halt stimmen!* Sie ersetzt *Silben* durch das formähnliche *Silber*. Die Ersetzung ist streng wortbezogen. Der ganze Satz macht keinen Sinn.

Mehrzahl/Plural *(bemerkt)*

Kein gültiger Dateiname

Über die Bedeutung ableiten

Du bist befristet eingeschrieben.

Hieroglyphen sind schwer zu entziffernde Schriftzeichen.

Die Teilnehmer werden schriftlich benachrichtigt.

Mein Gott, ich kann das kleine Einmaleins nicht mehr!

Diese beiden/zwei Pfeile *(bemerkt)*

Ob das wirklich hintrifft?

Ob das wirklich hinhaut/zutrifft?

Bittesehr!

Bugs Bunny und Duffy Duck

Es ist Moos drüber gewachsen/Schwamm drüber.

Ich gieß' deswegen meine so häufig.

* *Ne, des is' die Ausstrahlung, gell?*
Mit dem Kommentar, der zeigt, daß der Sprecher seinen Versprecher bemerkt hat, erlischt das Korrekturbedürfnis des Sprachplanungssystems.

Frösche klonen

Da schlagen die Leute die Hände über dem Kopf zusammen.

Ein Mensch, der in der Röhre liegt.

Die sind ganz eiskunstlaufverrückt.

Latein ist eine viel zu schwere Sprache.

Da gibt's noch ein paar ungelegte Eier./
Da haben wir noch ein paar Leichen im Keller.

Da sind wir nicht geweckt worden.

* Der Kommentar zeigt, daß der Versprecher der Kontrolle entschlüpft ist.

Es müssen zwei weibliche Bewerber dabei sein.

Endlich paßt der Baum in den Ständer.

Danach muß ich mal die Marlene fragen./
Da muß ich mal bei der Marlene nachfragen.

Tristan ist der mit dem Seitensprung/
der Herzensbrecher.

Das erledigen wir im Handumdrehen/
Galopp. Die Selbstverteidigung ist mißlungen, weil »Handgalopp« nicht die vom Sprecher gewünschte Bedeutung hat.

* *Dieser Unterschied schmeckt mir nicht./*
Das ist ganz anders.

Dies ist offensichtlich ein Fehler auf der Botschaftsebene.
Der Sprecher weiß nicht genau, **was** er sagen will.

Da habt ihr das Problem aller eurer Lösungen.

Da habt ihr die Lösung aller eurer Probleme.
(bemerkt)

Sachverhalte/Verhältnisse/Zusammenhänge

Mein persönlicher Wissensschatz/
mein persönliches Wissenssystem

Ich würde das nicht noch mal verdeutlichen.

Er hat das gut erläutert/erörtert.

Wesentlich schärfer war das Argument/
schwerer wog das Argument.

Das eine hätt' ich ja fast übersehen.

Demgemäß/folgendermaßen

Er hat die Autonomiethese aufgeweicht/
geschwächt.

Das kann man gut durchblicken/Da kann
man gut durchsteigen.

Das hab ich blitzschnell geschlossen/
messerscharf geschlossen. *(bemerkt)*

Wir kürzen es grundsätzlich. *(bemerkt)*

Das ist doch das Minimalste/Mindeste.

Das kürzen wir/lassen wir aus.

Populärwissenschaftlich

Das ist doch alles Quatsch/Mist.

Es dreht sich um eine Extrapolation.

Modelle vorstellen *(bemerkt)*

C-frier, C4-Professur

Wir haben hier schon Professoren
ohne Promotion gehabt.

Der Kandidat, der am zweitbesten
abgeschnitten hat.

Glasur auf dem Kuchen *(während der
Examensvorbereitung)*

Die Weisheit mit Löffeln gefressen *(bemerkt)*
Ich hoffe, daß ich das in vier Semestern
auf die Beine kriegen kann.

In dem vierten Kapitel

Sie können Sekundärliteratur dazur, dazur, Sie können Sekundärliteratur dazu lesen

Baars, B.J., Motley, M.T. & MacKay, D.G. (1975), Output editing for lexical status in artificially elicited slips of the tongue. Journal of Verbal Learning and Verbal Behavior 14, S. 382–391

Berg, T. (1988), Die Abbildung des Sprachproduktionsprozesses in einem Aktivationsflußmodell. Untersuchungen an englischen und deutschen Versprechern. Tübingen

deSmedt, K. & Kempen, G. (1987), Incremental sentence production, self-correction, and coordination. In: Kempen, G. (Hrsg.), Natural language generation. Dordrecht

Dittmann, J. (1988), Versprecher und Sprachproduktion. Ansätze zu einer psycholinguistischen Konzeption von Sprachproduktionsmodellen. In: Blanken, G., Dittmann, J. & Wallesch, C. (Hrsg.), Sprachproduktionsmodelle. Neuro- und psycholinguistische Theorien der menschlichen Spracherzeugung. Tübingen

Gabler, S., Glück, S. & Kristuf, A. (1992), Die rückknöpfige Bluse oder warum gibt es ka-

rolierte Hosen? Forschung Frankfurt 3, S. 30–41
Hohenberger, A. (1996), Functional categories and language acquisition: self-organisation of a dynamic system. Dissertation Universität Frankfurt
Hohenberger, A. & Leuninger, H. (1996), *It was the colibri, not the titmouse.* Knowledge, lexicon, processing: Evidence from child speech errors. (im Druck)
Karpf, A. (1990), Selbstorganisationsprozesse in der sprachlichen Ontogenese. Tübingen
Keller, J. & Leuninger, H. (1993), Grammatische Strukturen – kognitive Prozesse. Tübingen
Kempen, G. & Hoenkamp, E. (1987), An incremental procedural grammar for sentence formulation. Cognitive Science 11, S. 201–258
Laver, J.D.M. (1973), The detection and corrections of slips of the tongue. In: Fromkin, V.A. (Hrsg.), Errors as linguistic evidence. Den Haag
Laver, J.D.M. (1980), Monitoring systems in the neurolinguistic control of speech production. In: Fromkin, V.A. (Hrsg.), Errors in linguistic performance. Slips of the tongue, ear, pen, and hand. New York
Leuninger, H. & Keller, J. (1994), Some remarks on representational aspects of lan-

guage production. In: Hillert, D. (Hrsg.), Linguistics and Cognitive Neuroscience. Linguistische Berichte Sonderheft 6, S. 83–110

Levelt, W.J.M. & Cutler, A. (1983), Prosodic marking in speech repair. Journal of Semantics 2, S. 205–217

Levelt, W.J.M. (1983), Monitoring and self-repair in speech. Cognition 14, S. 41–104

Levelt, W.J.M. (1989), Speaking: From intention to articulation. Cambridge/Massachussetts

Levinson, S.C. (1990), Pragmatik. Tübingen

MacKay, D.G. (1987), The organization of perception and action. A theory for language and other cognitive skills. New York

Meringer, R. (1908), Aus dem Leben der Sprache. Versprechen, Kindersprache, Nachahmungstrieb. Berlin

Meringer, R./Mayer, K. (1895), Versprechen und Verlesen. Eine psychologisch-linguistische Studie. Stuttgart. Nachdruck 1978. Amsterdam

Noteboom, S.G. (1980), Phonological and lexical errors in spontaneous speech. In: Fromkin, V.A. (Hrsg.), Errors in linguistic performance. Slips of the tongue, ear, pen, and hand. New York

Schade, U. (1992), Konnektionismus. Zur Modellierung der Sprachproduktion. Opladen

Wiegand, D. (1996), Die Sprachplanung als modular organisierter Prozeß: Zur Berechnung von Kontaminationen. Frankfurter Linguistische Forschungen, Sondernummer 4

Inhalt

Sprechen und Schreiben

Klaus Bartels
Veni vidi vici
Geflügelte Worte aus dem Griechischen und Lateinischen
dtv 20167

Umberto Eco
Die Suche nach der vollkommenen Sprache
Aus dem Italienischen von Burkhart Kroeber
dtv 30629

Etymologisches Wörterbuch des Deutschen
Herausgegeben von Wolfgang Pfeifer
dtv 32511

Deutsches Wörterbuch von Jacob und Wilhelm Grimm
in 33 Großbänden
dtv 5945

Werner König
dtv-Atlas zur deutschen Sprache
dtv 3025

Werner Lansburgh
Holidays for Doosie
Eine Reise durch Europa oder Englisch mit Liebe
dtv 11373

Waltraud Legros
Was die Wörter erzählen
Eine kleine etymologische Fundgrube
dtv 20043

Helen Leuninger
Reden ist Schweigen, Silber ist Gold
Gesammelte Versprecher
dtv 20118

Ludwig Reiners
Stilfibel
Der sichere Weg zum guten Deutsch
dtv 30005

Hermann Schlüter
Grundkurs der Rhetorik
Mit einer Textsammlung
dtv 4149

Wolf Schneider
Der vierstöckige Hausbesitzer
Plauderstunde Deutsch mit 33 Fragezeichen
dtv 30547

Wahrig
Wörterbuch der deutschen Sprache
Auf der Grundlage der neuen amtlichen Rechtschreibregeln
dtv 3366
CD-ROM dtv 52102

Die Etikette ist tot – es lebe die Höflichkeit!

C. Bernd Sucher

Hummer, Handkuß, Höflichkeit

Das Handbuch des guten Benehmens
dtv premium 15102

»Kultiviert ist nicht derjenige, der Regeln beherrscht, sondern sie variiert, der Situation anpaßt, sie – auch das ist machmal nötig und richtig – mißachtet.«

Gut benehmen kann sich jeder: Wie und warum was zur rechten Zeit zu sagen, zu tun oder zu lassen ist, führt C. Bernd Sucher in diesem so praktischen wie geistreichen Benimmbuch vor. Von Anrede bis Zahnstocher, von Affront bis Umgangsformen, von Champagner bis Tischreden, es bleibt keine Frage offen zu Lebensstil, Geschmack und angenehmem Umgang miteinander.

Ein liebenswürdiges und mitunter auch bissiges Brevier der feinen Lebensart und des guten Geschmacks für alle Lebenslagen.

»Das beste Benimm-Buch seit langem. Kein lauwarmer Aufguß antiquierter Verhaltensregeln, sondern ein humorvoll geschriebener, lebensnaher Ratgeber.«

›Cash‹, Hamburg